JN240418

従軍中の若き哲学者ルートヴィヒ・ウィトゲンシュタインがブルシーロフ攻勢の夜に弾丸の雨降り注ぐ哨戒塔の上で辿り着いた最後の一行「──およそ語り得るものについては明晰に語られ得る／しかし語りえぬことについて人は沈黙せねばならない」という言葉により何を殺し何を生きようと祈ったのか？という語り得ず、ただ示されるのみの事実にまつわる物語・・・・・

Was sich überhaupt sagen läßt, läßt sich klar sagen;
und wovon man nicht reden kann,
darüber muß man schweigen.

谷賢一

目次

悪魔の問い——まえがきに代えて

「それ、何が楽しいの？」

そんな言葉を言われたこと、誰にだってあるだろう。例えばあなたが何かとりとめもないことで楽しんでいるとき、カラオケでもスマホゲームでもファッションでも仕事でもペット自慢でもカフェめぐりでも何でも、そんなときに投げかけられる「それ、何が楽しいの？」という他者からの一言に、あなたは大抵、うまく答えられない。

楽しいから楽しいんだよ。

——それはトートロジー、同語反復だ。

「それ、何が楽しいの？」
「楽しいから、楽しいんだよ」
「だから何が？」

「えーと、〇〇〇が×××でしょ。だから楽しいんだよ」

「わからない」

「でも、楽しいよ」

「そんなことして、何になるの？　時間の無駄じゃない？」

「何になるってわけじゃないけど、でも、楽しいから、つい……」


「何が楽しいんだろう」


　筆者は一時期、かなり痛烈なうつ病に苦しんだ時期があった、当時27歳。従軍中のウィトゲンシュタインと同じくらいの年頃だ。

　僕はもちろん戦場にはいなくて、むしろ家に引きこもっていた。デパスとアモキサン・カプセル（向精神薬）をウイスキーのラッパ飲みで嚥下して気絶し、16時間目が覚めなかったり、時計の針を6時間くらいただ眺めていたり、手を上げるのもしんどいので腹が減ったら家から歩いて1分の位置にあったドン・キホーテ方南町店で安売り弁当とウイスキーをたんまり買い込み、ちびちび食いつないだりしていた。悪い友達がいたらきっと、麻薬にも手を出していただろう。それくらい出口なしの暗闇にいた。

仕方ない、今の自分はポンコツだ、オーケー受け入れよう、と断念して、気晴らしに何かライトな本を読もうとしても、漫画を買って読もうにも、映画を見ようとしても、ゲームをしようとしても、すぐにその声は聞こえてくる。

「何が楽しいんだろう」

自分の心が思わずつぶやくその声は、一言ですべてを無意味化する。これは、罹患したことのない人にはあまり理解しづらい感覚だろうが、うつ病になると「楽しいはずのこと」さえ楽しめなくなってしまう。一日中映画でも見るか、ゲームでもしてりゃいいじゃん。……というのは、無理な相談だ。もちろん人とも会いたくない。まったく楽しくないし、むしろ動けない自分への自責の念が強まってきて、「俺は一体、何をしているんだろう」と症状を悪化させてしまう。

「楽しいから、楽しい」

それは無根拠に聞こえるかもしれないけれど、実はとっても強い言葉だ。

「きれい」

「かわいい」

「カッコいい」

「面白い」

「おいしい」

「すてき」

　それらの言葉に理由をつけることは可能だけれど、大抵言葉を足すごとに、どんどん陳腐になっていく。

「私のどこが好きなの？」

「かわいいし、優しいから」

「どこがかわいいと思うの？　どこが優しい？」

「目と鼻のバランスと、輪郭がかわいい。唇の形もかわいいと思うし、服の趣味も好きだ。――僕がつまらない冗談を言っても笑ってくれるし、疲れてると心配してくれるのは、優しいという形容をしていいと思う」

「じゃあ目と鼻のバランスが変わったら、かわいくないの。じゃあ私は、あなたのつまらない冗談に笑い、疲れてるときに心配してあげるから、優しいという形容詞で評価されているの」

こんな、ロジックの悪魔のような女が地上に存在するとは思えない。そう感じたあなたは幸福な人だ。こんな悪魔、どこにでもいる。もちろんそれに対してロジックで返答しようとしている時点で、この例文に登場する男性の器もたかが知れているのだが。

楽しいから楽しい、かわいいから、かわいい。好きだから、好きだ。——これらはすべてトートロジーと呼ばれる、論理学では無意味とされる言明の種類だが、これらがすべて本当に無意味だとしたら、私たちは人生を楽しむことや人を愛することはおろか、チョコレート一粒おいしく食べることすら許されない。


「生の目的について、私は何を知っているだろう」

これは（実在の）従軍中のウィトゲンシュタインがノートに書き記した言葉だ。正確に引用すると「神と生の目的とに関して私は何を知るか」（鬼界彰夫『ウィトゲンシュタインはこう考えた』より）。彼は、考えなくてもいいことを考えていると言うことができるだろう。

もし僕が同じことを口に出したら、周囲の人間はどう答えるだろう？

例えばうちのお袋。「生の目的？　そんなことよりあんた、ちゃんと食べてんの？

たまには何かおいしいもんでも食べなさい」

例えば俺の大学の友達。「生の目的？　そんなこと考えてるからお前はいけないんだ。宮古行って飲もうぜ（「宮古」は京王線明大前駅前に現存する居酒屋。筆者は大学中、最大で週に5日はここで飲んでいた）」

例えば今の仕事仲間。「生の目的？　大変興味深いお話ですね。また今度ゆっくりお話聞かせてください。ところで〆切の件ですが……」

ある意味では、どれも正しい答えである。生きる意味は何だ？　そんなことを考えて暗闇に迷い込むくらいなら、うまいもん食え、酒飲んで笑え、仕事に精を出せ。いずれも、この上もなく正しい。しかし、暗闇に迷い込んでしまった魂には、食事も酒も仕事も無意味に思えてしまう。そうなると、「何のために生きているんだ」「何のために生まれてきたんだ」、その答えがどうしても欲しくなる。

しかしおそらく、ここに勝手に登場させた3名だって、似たような問いに頭を抱える夜はある。例えばうちのお袋が、家族の寝静まったリビングで「私の人生、何だったんだろう」と珍しく梅酒でもチビチビ飲みながら深夜のテレビショッピング見てる光景はあるだろうし、例えば俺の大学の友達が、長年勤めてきた会社を辞めて「結局俺は、何がしたいんだろう」と悩んでふらりと宮古の暖簾をくぐることはあるだろうし、例えば今の仕事仲間が、ぐうたらな作家のせいで待てど暮らせど届かない原稿を徹夜で待ちながら「私はこんなことをするために、働いてるんだろうか」と考えてしまうことはあるだろう。あるいはもっとミニマルに、「じゃあ人生って、何だろう」と思う夜も、あるだろう。

こういった問題は、その当事者にしか本当の意味もわからないし、その解決方法もわからない。そして何かのきっかけに、ふっと冗談みたいに消えてしまったりもする。『論理哲学論考』でウィトゲンシュタインは、問いは答えが与えられて解決されるのではなく、問いはただ消滅するのだと書いた。その感じが、私にはとてもよくわかる。「何で生きてんだ」は、ある日、突然、消滅する。消滅した後では、自分でさえ何故そんなに悩んでいたのか、うまく言葉にできなくなる。

それはちょうど、「それ、何が楽しいの」「どこがかわいいの」「どうして好きなの」を説明できないことと、深い関係がある。何が楽しい、どこがかわいい、どうして好き、その問いに言葉で答えてはいけない。せっかく見つけた人生の意味が、その一言で陳腐化し、ロジックの悪魔に食い殺されてしまうかもしれないからだ。

（再演版公演パンフレットより）

戯曲

従軍中の若き哲学者ルートヴィヒ・ウィトゲンシュタインがブルシーロフ攻勢の夜に弾丸の雨降り注ぐ哨戒塔の上で辿り着いた最後の一行「――およそ語り得るものについては明晰に語られ得る／しかし語り得ぬことについて人は沈黙せねばならない」という言葉により何を殺し何を生きようと祈ったのか？ という語り得ずただ示されるのみの事実にまつわる物語

この戯曲は2013年に初演した同名作品の上演台本に加筆修正したものである。
台詞に一部差別的表現があるが、差別の肯定を意図するものではない。読者のご賢察をお願いしたい。

登場人物

［オーストリア陸軍　第11師団　第2砲兵連隊所属　スタイナー小隊］

スタイナー　ヘルマン・スタイナー。軍曹。30代半ば。

ミヒャエル　ミヒャエル・グルーム。一等兵。30代前半。

カミル　カミル・フリードリッヒ・ガリウス。一等兵。30代半ば。

ベルナルド　ベルナルド・クント。二等兵。20代半ば。

ルートヴィヒ　ルートヴィヒ・ウィトゲンシュタイン。伍長補。27歳。

［その他］

ピンセント　デイヴィッド・ピンセント。ルートヴィヒのイギリス時代の友人。

なお、ミヒャエルとピンセントは同一の俳優によって演じられる。

時代と場所

第一次世界大戦、東部戦線の最前線。

オーストリア＝ハンガリー帝国軍とロシア軍が対峙するガリツィア地方。

【1】〜【6】はブルシーロフ攻勢の前日、夜9時から11時頃。

【7】はそれから20日間近く経過した朝。

この戯曲では、ウィトゲンシュタインの従軍体験、なかでも激戦となったロシア軍の大攻勢（ブルシーロフ攻勢）前後の彼の内的なドラマを圧縮して演劇化するために、歴史的な時系列をあえて大きく改変している。

ブルシーロフ攻勢は、第一次世界大戦開戦から約2年後の1916年6月に起きている。その翌年、帝政ロシアはロシア革命によって崩壊し、ソビエト政権が誕生した。

しかしこの戯曲では、長い戦争に倦み疲れ、極限まで追いつめられた人間たちの姿を描くために、登場人物の置かれた状況を、開戦からすでに4年が経過した大戦終盤期として設定した。

そのため、1916年と1918年の時代状況が混淆した、一種のパラレルとなっている。劇作家の想像力による「架空の東部戦線」を舞台にしたフィクションとして読んでいただきたい。

凡例

―― 言葉は見つかっているが言い出す時機（タイミング）を伺っている短い間。意識は主に相手にある。

…… 言葉を探している短い間。意識は主に自分にある。

間 ポオズ。思考も止まっている。

沈黙 サイレント。思考は動いている。

ト書きは、間ではない。個別に「間」「沈黙」など指定されていない場合は、間を取らない。ト書きはすべて、無視されなければならない。

【0】はじめに

はじめに、言葉があった。
言葉は、神と共にあった。
言葉は、神であった。
すべてのものは、言葉によって生まれた。
言葉によらずに生まれたものは、一つもない。
言葉のうちに命があった。
命は人間を照らす光であった。
光は、闇の中で輝いた。
闇は、光に打ち勝たなかった。

新約聖書、ヨハネによる福音書、第一章より

【1】親愛なるピンセントへ

ルートヴィヒが、部屋の片隅で、ペンを片手に便箋を見つめている。

ルートヴィヒ　親愛なるピンセント*へ。——君に会いたい。声が聞きたい。話したいことがたくさんある。

……今、僕は、暗闇の中にいる。世界は暗闇に沈んでしまった。ときどき自殺を考える。何ひとつ明らかにならない……。

僕は、壊れた機械だ。燃え尽きたエンジンに、燃えカスとゴミだけが詰まっている、壊れた機械。仕事は一向に進まない。僕は、途方もない愚か者、大馬鹿者、役立たずの能なしだ。今すぐ首を吊った方がマシだ。

ルートヴィヒ、ペンを走らせ、文を訂正する。

ピンセント
ケンブリッジで親友となったデイヴィッド・ピンセントは穏やかでほがらかな性格で、人付き合いが苦手なウィトゲンシュタインにとって数少ない心許せる存在だった。ピンセントは日記に記した。「ウィトゲンシュタインと知り合いになってまだ三週間ほどしか経っていない——しかし私たちは一緒にうまくやっていけそうだ。彼は私と趣味も同じ、とても音楽の才能がある。」レイ・モンク『ウィトゲンシュタイン』（岡田雅勝訳）。共通の趣味は音楽。一緒に音楽会に行き、ベートーベンやシューベルトを聴き、現代音楽は苦手だった。ウィトゲンシュタインが吹く口笛に、ピンセントがピアノで伴奏した。

ルートヴィヒ　今すぐ首を吊るべきだ。……人間は、ひどく惨めだ。何も、何ひとつ明らかになっていないのに、神を殺し、光を消し、暗闇の中に取り残された――。そして今、ヨーロッパ中では、何百万というドブネズミたちが塹壕*の闇を這い回っている。皆(みんな)、僕と同じように、右も左も、上も下も、わからないまま。……君だってそうだろう？　そうじゃないか？　君は、この世界について、何を知っていると言うんだ？

ルートヴィヒ、ふと首を上げる。世界は暗く、グロテスクに見える。

再び意識は手紙に戻る。

ルートヴィヒ　しかし逃げることは許されない。今度僕は、志願して、哨戒塔*に登るつもりだ。……哨戒塔の上に立ち、サーチライトを照らすとき。世界のすべては明らかになる。そして死の恐怖が、生の光を照らすだろう。見渡すすべてが、はっきり見える――。

塹壕
第一次世界大戦は史上初の大規模な塹壕戦だった。機関銃などの大量殺傷兵器から身を守るため本格的な塹壕が建設され、戦線は膠着した。塹壕の内部は排泄物の垂れ流しで破傷風が蔓延。暗闇に身を潜め続ける極限状態は兵士たちの心身をむしばんだ。

哨戒塔
敵の接近監視や敵との距離を計測するために建てられた仮設の塔。夜間の索敵用に強烈な光を発する探照灯（サーチライト）が設置された。反面、敵の攻撃目標になりやすく、哨戒塔上での監視は死と隣り合わせの危険にさらされた。

短い間。

ルートヴィヒ　北北東へ1マイルの距離に、針葉樹の深い森。北西には、なだらかな斜面、カルパチア山脈の柔らかなスカートの裾野。4マイルの東にはウルヌ川。水車小屋が2つに、炭焼小屋が1つ。一番近い集落は南東5・2マイルに1つと、南南東11マイルに1つ。そして8マイルの北には、南下を続けるロシア軍の前線……。地形、建物、人口、気候、自然。そのすべてが明らか。我がオーストリア軍の斥候と測量技師たちは、実に優秀だ。……しかしそれにも関わらず、僕にとっては、すべてが不確かで、はっきりしない。はっきり、しない。この目で見るまで、この手で迫り来るロシア軍の前線をサーチライトで照らすまで、戦争はまだ不確かだ。暗闇から迫る死の恐怖が、必ずや、僕の生を照らしてくれる。弾丸の雨が、僕の命を奪うかもしれない。しかし惨めに暗闇を這い回るよりマシだ。自殺のことばかり考える。
――君がいないからだよ、ピンセント。そして神が沈黙を続けるから。

いつの間にか現れていたピンセント、優しく微笑む。
ルートヴィヒは、苦闘している。

ルートヴィヒ　オットー・ワイニンガー*はこう書いている。「高潔に生きよ。己の軟弱に打ち克ち、精神的な高みを生きよ。そうでなければ、死を選ぶべきである」。

ピンセント　じゃあ君は、死ぬのかい。

ルートヴィヒは、勃起している。そして、知らず知らずに勃起していた自分のことを、甚く（いた）恥じている。許し難い非倫理的な怒りを感じている。

オットー・ワイニンガー
［1880〜1903］
ウィーンの思想家。自身もユダヤ系だったが、反ユダヤ主義や男性優位主義を形而上的に論じた。主著『性と性格』を発表後、ピストル自殺を遂げる。当時少年だったウィトゲンシュタインは、ワイニンガーの説く天才至上主義やプラトニズムに大きな影響を受けた。

ワイニンガーの自殺と前後して、ウィトゲンシュタインの長兄ハンスと三兄ルドルフが相次いで自殺している。その後も、敬愛していた物理学者ボルツマンや詩人トラークルの自殺に直面。さらに第一次世界大戦終戦直前、次兄クルトも命を絶った。ウィトゲンシュタインの人生は、絶えず死の衝動と隣り合わせだった。「私には兄クルトの精神状態が完璧に理解できる。そしかし、事実として、彼は勃起している。

ルートヴィヒ　……僕に、話しかけてはいけない！　――君はここには存在しない。ここはオーストリアのはるか東、ロシアとの国境線から南へ44マイル。君がいるのはイングランドだ。

ピンセント　死ぬことは、ないだろ。

ルートヴィヒ　仕事だ。仕事をするんだ。仕事を、哲学を、……「そうでなければ、

ピンセント　ノルウェイに行ったとき、2人でポニーに乗っただろ？　君はだだっこのブチ、僕はせっかちの栗毛。懐かしいなぁ！　名前を知らない花を摘んで、リュックに飾った。あの瞬間（とき）も君は、死のうと思ってたの？

ルートヴィヒ　（苦しい言い訳として）……考えるということは、息を止めて、水に潜ることに似ている。気をつけていなければ、浮かんでしまう。しかし、息継ぎも必要だ。

れは私の精神状態より少しだけ不活発だったにすぎない。』『ウィトゲンシュタイン哲学宗教日記』1931年11月7日の日記より（鬼界彰夫訳）

ウィトゲンシュタインとピンセントは1912年にアイスランドを、1913年にノルウェイを旅行した。旅行の間中、ピンセントはノイローゼ状態のウィトゲンシュタインに手を焼きながらも、彼の気持をやわらげ、励まし続けた。1913年の旅行後、ウィトゲンシュタインは単身ノルウェイに引きこもり、フレーゲの記号論理学をベースにした哲学研究に没頭する。2人は1914年にも旅行を計画していたが、第一次世界大戦勃発によって3度目の旅行は果たされなかった。

ピンセント　（笑って）なら、息継ぎは何分まで許されるんだい？　君のルールだと。

ルートヴィヒ　しないで済むなら、しない方が、

ピンセント　「君への心からの友情と、愛を誓う。距離も、時間も、僕たちの愛を、傷つけはしない。もし君が、

ルートヴィヒ　やめろ！

——でも。……どうして返事をくれないんだ？　デイヴィッド……。

ピンセントは、ルートヴィヒを優しく抱き締める。

ピンセント　僕は実在しない。確かにそうだな？　ここには。僕は今、イギリスで航空整備の仕事についている。それが事実だ。だけど僕は今、確かに君の中にいる。それは明らか、はっきりしてる。そうだろう？

ルートヴィヒ　（邪念を振り払うように）これは愛における敗北だ。「愛は、距離と時間に反比例するべきである。離れれば離れるほど強まり、硬くなる。それが愛だ。精神的な愛だ」。

ピンセント　そうだよ。だから僕は、今ほど君を愛したことはない。

間。

ピンセントは、ルートヴィヒを優しく撫でている。

ルートヴィヒ　僕はバカだ。君に甘えている。

ピンセント　あぁ、バカだ。少し、息継ぎしろよ。

ルートヴィヒ　考えなくちゃ。仕事を。

ピンセント　隊の中に、甘えられる人はいないの？

ルートヴィヒ　いない。

ピンセント　本当に？

ルートヴィヒ　いない。本当だ。まともに話ができる奴さえいない。同

じドイツ語を話していながら、外国語を聞いているような気分だ。ごぼごぼと、何か、知らないことを、わめくだけで、

ピンセント　君の英語も初めは酷(ひど)いもんだったぜ。

ルートヴィヒ　君のドイツ語は今でも酷い。

ピンセント　そうか。失礼。でもあの文法はおかしい。花が女、それはわかる。でもどうしてメガネが女でテーブルが男なんだ?

ルートヴィヒ　だからイギリス人にはろくな詩人がいないんだ。ジョークもつまらん。

ピンセント　だったら今はさぞ、詩と笑いに満ちた日々を送られていることでしょう。

ルートヴィヒ　冗談言うな。動物園に来たみたいだ。1人は臆病者の鼻炎持ちでママのくれたお守りを手放さない、1人は片端(かたわ)のやかまし屋で理屈っぽいくせに子どもっぽい、もう1人は下品で下劣な性欲の塊、人間から人間的な部分をすべて引き算した果てにあるような人間で、しかも厄介なことに、

志願して入隊したウィトゲンシュタインは周囲になじむことができず孤立していた。兵士や下士官の低俗さを呪う言葉が日記に度々書かれている。富裕層の子弟で高等教育を受けた彼は本来ならすぐに将校の待遇を受けることができたが、あえて特権を拒絶した。そうした出自や人を見下した態度が一般召集兵たちの反発を招いたのかもしれない。

ピンセント　厄介なことに？

ルートヴィヒ　君に似ている。少しだけ。だから余計に、

間。

ピンセント　今は何を、考えているの？

間。

ルートヴィヒ　論理学の諸命題について。——例えば「pでありかつpでない」と言明する場合。この命題は無意義であり、すなわち何も言明していない。と言うことは僕は、一体何について、

ピンセント　わからないよ、僕には。p？

ルートヴィヒ　僕にもわからない。……論理とは何だ？　論理学の問題は、からまった紐に似ている。解（ほど）こうとしてひとつずつほぐしてい

くと、結び目自体が消え去ってしまう。しかし、論理は確かだ。はっきりしている。論理以外に確かなものがあるか？　ない。ないなら、

ピンセント　我思う故に我あり。君思う故に、

ルートヴィヒ　ダメだ。そこは、問題じゃない。そんなことは当たり前だ。

ピンセント　じゃあ、何が問題なの？　ほら、ゆっくり考えてごらん。息継ぎしながら。

沈黙。

ルートヴィヒ　人は、何のために生まれてきたんだ？　どうして生きている？　生きることに何の意味がある？　夕暮れは悲しい。どうしてだ？　世界は物質でできている。ならどうして僕は君を愛しているんだ？　今、世界は暗い。でも、君とい

たとき、あのだだっこのブチとせっかちの栗毛に乗ってノルウェイの森を旅していたとき。暗闇は一度も訪れなかった。

ピンセント　それは、緯度の問題さ。

ルートヴィヒ　違う。僕が言っている暗闇とは、そういう意味じゃない。ピンセント、君にもわからないのか？　日が昇っていても世界は暗い、ランプをつけていても世界は暗い。だけど僕は、僕の世界は、君といたときは、白夜の朝も、ケンブリッジの夜も、ずっとずっと明るかった。

僕の魂という部屋の中で、誰かがランプをつけたり、消したりする。誰だ？　どうしてだ？　どうして人は——。

突如、野蛮な声が割り込む。

ミヒャエル　ダウス、ケーニヒ、オーバー、ウンター！　アガリだ、アガリ！

カミル　マジかよ？　嘘だろ！　おい、このイカサマ野郎！
ルートヴィヒ　（傍白として）ピンセント。
ミヒャエル　ほれ早く、３００クローネン！
カミル　クソ！　クソ、クソ、クソ、クソ！
ルートヴィヒ　ここは地獄だ。

【2】カードゲームと殺された神

場は兵営の一室、ルートヴィヒたちが属する、オーストリア陸軍第11師団第2砲兵連隊所属、スタイナー小隊の部屋。

カミル　おい先生、福音書先生*！　見てねぇか、こいつ今、イカサマしたろ、イカサマ！　この、チンカス野郎め！
ミヒャエル　オッ、マ〜ンコ〜！　オッ、マンコ〜！　おぉ、我が祖

福音書先生
従軍してまもなくウィトゲンシュタインはトルストイの『要約福音書』を読み始める。この本を肌身離さず持ち歩いていたため、周囲から「福音書の男」と呼ばれていた。従軍中の日記にはトルストイの言葉が引用され、神や霊へ接近しようとする文章が書かれるようになる。『論理哲学論考』出版後、ウィトゲンシュタインは哲学をやめ、富や名誉から遠ざかり、禁欲的で理想主義的な暮らしを営もうとする。山村で小学校の先生をやったり修道院で庭師をしたりするものの、結局どこにも居場所を見つけられず「トルストイ的生活」は破綻するのだが、それはまた別の話である。

国、オーストリーアー！

ベルナルド　ははは。

カミル　あり得ない。あり得ない。

ベルナルド　勝負は勝負ですから。

カミル　だってまだ、２巡目だぜ？　２巡目で４枚揃い、ってことは、

ミヒャエル　じゃあ、ちょっと、行ってくるわ！

ベルナルド　え、今から？　もう9時ですよ？

ミヒャエル　オマンコにはばっちりの時間じゃねぇか。

ベルナルド　消灯まであと、

ミヒャエル　１時間だろ？　余裕だよ。走って10分、戻って10分、払って脱いで着るのに10分。そしたらオイ、30分もオマンコしてられるぜ？　持たねー、持たねー！

ベルナルド　持ちませんね、ちょっと。

カミル　７２９分の１だ！　２巡目で４枚揃いの確率は、７２９

分の１！　いいか、52枚のカードのうち……

ミヒャエル　ってことはじゃあ、７２９分の１の、奇跡のオマンコ、ってか？　アガるー！

カミル　（３００クローネンを渡し）ほれ。梅毒もらって来い、チンチン根本から腐れ落ちろ！

ミヒャエル　（札を受け取り）ヤッホー！　ラッキー！　神さま万歳！

ベルナルド　噂だと、明日には警戒令が出るって話も、

ミヒャエル　そしたら明日からお預けだろ？　――じゃあいつ行くの？　今でしょ！

ベルナルド　いいなぁ。

ミヒャエル　いやねアリシアちゃんって言っていい子がいてね、これがまたいい子なんだ、すっと通った目鼻立ちにパイオツどーん！　もう、こんなよ、こんな。どーん！

ベルナルド　いや嘘でしょ、それは。

ミヒャエル　いやホントこんなどーん！　どーん！　って、どーん！

ミヒャエル、ルートヴィヒの視線に気づき、

ミヒャエル　おい先生。

ルートヴィヒ　……。

ミヒャエル　何じろじろ見てんだよ。俺の顔に何かついてるか？

ベルナルド　あ、頭、ゴミついてますよ。襟足んとこ。

ミヒャエル　シラミだよ、どうせ。ほっとけ。

ベルナルド　（とってやり）とりました。

ミヒャエル　ありがとう。（ルートヴィヒに）おい先生。俺が奇跡の300クローネンで、アリシアちゃんのパイオツどーんに会いに行く。それに何か文句でもあるか？

ルートヴィヒ　……。

ミヒャエル　汝、姦淫すべからず。って、その本に書いてあんのか。聞いてんの？　先生？

ルートヴィヒ　……。

ミヒャエル　おい先生！

　　ミヒャエル、ルートヴィヒの胸ぐらを掴む。

ベルナルド　先輩。
ミヒャエル　なめてんのか。人が、話し掛けてんだろ。お前に。
ルートヴィヒ　……。
ミヒャエル　――殺してやる。次、戦闘があったら。ケツの穴に銃口突っ込んで、撃ち殺す。――お前、敵国の大学にいたんだよな？イギリスだったか？
ルートヴィヒ　……。
ミヒャエル　お勉強してる暇があったら腕立て伏せでもしてろ。枯れ木みてぇな腕しやがって。
ルートヴィヒ　……。

沈黙。

ミヒャエル、ルートヴィヒの手紙を取り上げようとする。

が、ルートヴィヒ、それをかわす。

ルートヴィヒ　やめろ。

ミヒャエル　喋れるんじゃねぇか。見せろよ、それ。

ルートヴィヒ　……。

ミヒャエル　ダヴィト・ピンセン？　だっけ？

ルートヴィヒ　何？

ミヒャエル　ダヴィド・ピンセント、かな。英語だろ、あれ。

ルートヴィヒ　読んだのか。

ミヒャエル　僕もたまにはお勉強しようと思って。

ルートヴィヒ　野蛮人め。

ミヒャエル　ケツの穴に銃口突っ込んだら、むしろ喜ぶか？　お前。

ルートヴィヒ　……。

カミル　やめろ。胸糞悪い。

ミヒャエル　男が好きなら、軍隊生活も悪くねぇなぁ？　キスしてやろうか。

間。

ルートヴィヒ、ミヒャエルの腕を振り払う。

ミヒャエル　は、は、は、は！

——今度、教えてくれよ。男同士のやり方。……豚のケツに突っ込んだ奴は知ってんだけどな。俺のいた村の白痴のドアホウで、でもな、そいつでさえ、選んだよ。メスの豚をさ。——それとも聖書に書いてあるか？　汝、男同士で姦淫する場合には、まず、

カミル　ミヒャエル！　俺がお前を殺すぞ！

ミヒャエル　……じゃ、イってきまーす。……あーあ。

ミヒャエル、ひょいと帽子を拾い上げて頭に乗せ、出て行く。

冷たい沈黙。

ベルナルド　……あ！　あれ！　僕の帽子！　……泥棒！　泥棒！

沈黙。

カミル、煙草を吸う。

カミル　イカサマだ。絶対。……（ルートヴィヒに）ホントに見てなかったか。

沈黙。

ルートヴィヒは答えない。

カミル　……ダヴィト・ピンセン。

ルートヴィヒ　その名前を口にするな。

カミル　……お前、ホントにホモか。

ルートヴィヒ　違う。

カミル　ホントなら死んじまえ。

沈黙。

ルートヴィヒ　……純粋な友情だ。

カミル　書くかよ。男に手紙なんか。ホモ。

短い沈黙。

ベルナルド　僕、おじいちゃんに1回、書きました。

カミル　……俺は勘弁してくれよ。切れ痔持ちでね。

ベルナルド　あ。大変ですね。

カミル　大変だよ。

ルートヴィヒ　……君は、書いたことがないのか。

カミル　あ?

ルートヴィヒ　大切な友人に、手紙を書いたことが、

カミル　ないね。

ルートヴィヒ　なら、知らないんだ。本当の友情を。

カミル　……。

ルートヴィヒ　生まれつき目の見えない人間に空の青さを言葉で伝えられないのと同じように、本当の友情を知らない人間に、僕らの関係は、

カミル　俺を愚弄するのか。聖書には、書いてあるのか、人を愚弄しても構わないと?

ルートヴィヒ　書いていない。読んでみろ。字が読めるなら。

カミル、ルートヴィヒの横っ面を引っ叩(ぱた)く。

ベルナルド　ひゃっ……。

カミル　はっきり言うけどな。気に入らないんだよ。お前は。――1月（ひとつき）前まで、本国の倉庫で鉄砲の弾丸（たま）数えてたんだってな？いいご身分だ、うらやましいよ。それがわざわざ、前線志願？　何だ、何しにきた？　英雄にでもなりにきたのか？　それとも塹壕の社会科見学か？　おぼっちゃんが。

ルートヴィヒ　僕はただ、祖国オーストリアのために戦おうと

カミル　読んでみろ？　――読むか、んなもん。神はいない。明らかだ。非科学的だ。――言ってみろ。何という原子*で神はできている？

ルートヴィヒ　……？

カミル　神が実在するならば。神を構成する原子は？

ルートヴィヒ　……原子？

カミル　（少し得意げに）そうさ。原子さ。あらゆるものは、原子の組み合わせでできているんだ。知ってるか？　原子という、小さ

原子
19世紀には物質の最小粒子としての原子を実在の対象と考える近代原子論が台頭する。ウィーンの物理学者ボルツマンは原子論に立脚し、熱や圧力などのマクロな現象をミクロな分子運動に還元する気体分子運動論を提唱した。10代のウィトゲンシュタインは彼に物理学を学びたいと願ったが、ボルツマンが1906年に自殺してしまったため、かなわなかったという。

なツブツブが集まって、この世界はできて……。

ルートヴィヒ 水素。ヘリウム。リチウム。ベリリウム。

カミル ――そうさ。

ルートヴィヒ ホウ素、炭素、窒素、酸素、フッ素、ネオン、ナトリウム、マグネシウム、

カミル それさ。

ルートヴィヒ ――あらゆるものは原子の組み合わせでできている。本当か？

カミル そうさ。

ルートヴィヒ なら、熱は？* ……時間は？ 引力は？ ……音、光、色、……。

カミル ……はぁ？

ルートヴィヒ 君は今、存在の証明を、原子によって、つまり物質によって行おうとした。しかし、物質的には存在しないが、我々がはっきりと認識し、存在すると言えるものもある。

なら、熱は？
熱は原子論に基づく物理法則で説明することができる。ここでルートヴィヒが挙げている例に対して科学的に反駁することは可能だろう。しかし彼の関心はそこにはない。一方カミルはあたかも神を信仰するように科学を疑う余地のないよりどころとしている。神という形而上的存在を科学のフレームワークで説明しろと迫るカミルの言葉をきっかけに、ルートヴィヒは自分が抱えている哲学的問題に没入していく。

カミル ……。

ルートヴィヒ この部屋は寒い。これは事実だ。しかし「寒い」を構成する原子は何だ？「寒い」を構成する原子はない。時間を構成する原子は？ 君の論理に従えば寒さも時間も存在しないと言うことができる。

カミル ……。

ルートヴィヒ しかし、ダメだ、これではうまくいかない。存在という語の定義が曖昧だ。時間には物理的な実体はない、しかし認識論的な意味で言えば存在する。円柱は、上から見れば丸い、横から見れば四角い、それと同じレベル、全く、古い、埃をかぶった古典認識論、16世紀のレベルの議論だ。これは。

カミル もし神さまとやらがいるんなら！ ——この戦争は何だ？ 神の御心(みこころ)か？ ……開戦から4年[*]、昨日までに1千万の人間が死んだ、今日も死んだ、明日も死ぬ。神はどうした？ 昼寝でもしてるのか？

開戦から4年
ウィトゲンシュタインが東部戦線の最前線でロシア軍と対峙したのは開戦から2年目の1916年であるが、この戯曲は「開戦から4年後の東部戦線」という架空の状況を設定している。実際には1917年のロシア革命で帝政ロシアは崩壊。ソビエト政権は1918年に大戦から離脱した。また、アメリカや中国は1917年から第一次世界大戦に参戦した。

沈黙。

カミル　20世紀は、人間の世紀だ。科学の世紀だ。人は空を飛んだ。車を走らせた。写真機を発明した。ラジオを作った。しかし機関銃も作った。毎分120発の弾丸が神のお恵（めぐみ）か？　長距離砲を作った。20マイル先の人間を殺す力を与えることが、神の意志か？　毒ガスを作った。息を吸うだけで命を失う、それが神の恩寵か？　俺たちが、塹壕の中で、震えている姿を見て、神はどうした、笑っているのか？　神は偉大なり！……違う。人さ。理性さ。人間の理性が、人間を殺すことを、良しとしているんだ。神はいない。

ルートヴィヒ　それは君がそう思いたいだけだ。

カミル　違う！　いるもんか。いるわけがない。アメリカはどうだ。同じキリスト教国だ。あいつらは何だ？　後からズケズケやってきて、何の関係がある？　何もない！　アメリカ

「この戦争は、以前のどの戦争にも増して、大量殺戮を産業化した戦争だった。生身の人間が殺人兵器と対決した。兵士らが向き合ったのは、重砲、機関銃、速射小銃、塹壕迫撃砲、高性能爆薬、手榴弾、火炎放射器、そして毒ガスである。かつてなく大量に配備された近代兵器は、未曾有の非人間的な死と破壊を招いた。大攻勢を計画する際、人命の大量損失は織り込み済みだった。戦場では、大砲と砲弾片が最も多くの戦死をもたらした原因だった。しかし、無数の将兵が戦傷と、戦場の過酷な状況のためにかかった病気で死亡

だけじゃない、今戦っているのはオスマントルコ、中国、日本を除けば、みんなキリスト教国だ！　聖書に書いてあるか、汝ら人の子らよ、戦い合え、殺し合え？　神は偉大なり！

（自分の足を示し）この足はどうだ。塹壕が俺を腐らせた。神の意志か。細菌。バクテリア。凍傷。切断。ウジ虫。神は偉大なり！

違う。神は死んだ。死んだんだ、とっくに。

した。」イアン・カーショー『地獄の淵から　ヨーロッパ史1914-1949』（三浦元博・竹田保孝訳／白水社）。

沈黙。

ベルナルド　僕たまに、思うんですけど。

カミル　あ？

ベルナルド　死んだ、ってことは、前は生きてた、ってことですかね？

カミル　大昔なら、そうだろう。

ベルナルド　アンドレアスは死んだ。

カミル　……勇ましく。

ベルナルド　（祈るように）アンドレアス。どうぞ、安らかに。
カミル　神はいない。
ベルナルド　アンドレアスは死んだ。哨戒塔の上で、まぐれ当たりの迫撃砲に、当たって死んだ。まぐれで死んだ。死にました。一昨日。
カミル　そうだ。
ベルナルド　でも、確かにいた。いましたよね？
カミル　……いたよ。
ベルナルド　神は死んだ。なら、……いたんでしょうか？

間。

カミル　俺が生まれた頃には、もう死んでた。だから知らん。
ベルナルド　なら、

沈黙。

ベルナルド　僕らは誰に、その、……アンドレアスの安息を祈れば？
カミル　……お前はイスが壊れたとき、安息を祈るか？　水筒に穴が開いた、神に祈るか？
ベルナルド　いいえ。
カミル　そうだろう。
ベルナルド　アヒムは死んだ。ベンノも死んだ。カールも死んだ。ディートリヒも死んだ。エルンストも死んだ。
カミル　あぁ。皆、勇ましく。
ベルナルド　ええ。そして皆、安らかに眠っている。
カミル　あぁ、……いや。安らかもクソもない。死んだ。終わった。それだけだ。あとは、……ウジ虫の餌だ。

間。

ベルナルド　僕も、多分、その……。神はいない、と思います。

カミル　あぁ。
ベルナルド　でも、僕は、祈ってしまいます。
カミル　誰に。
ベルナルド　わかりません。……アンドレアスよ。どうか、安らかに。

ベルナルド、誰かに対して、祈りを捧げる。

ルートヴィヒ　どうか、安らかに。

短い間。

ベルナルド　……僕らは誰に、祈っているんでしょう?
ルートヴィヒ　……。

【3】作戦会議

スタイナーが入ってくる。

スタイナー　集合である。作戦会議を始める。

カミル、腰を上げて、作戦会議の準備を始める。ベルナルド、ルートヴィヒらも、それに続く。

スタイナー　(包みを落として)補給兵からぶん取ってきた。黒パンと、ソーセージが8本。仲良く分けろよ。

カミル　8本？　8本をどうやって5人でわけるんです？

スタイナー　ミヒャエルはどうした？　またか。

ベルナルド　僕、こないだ譲りましたよね、おいも？　先輩？

カミル　パンとソーセージじゃ重みが違う。お前ら2人が1本ずつで、俺とミヒャエルと隊長で2本ずつ。1＋1＋2×3。これで8本だ。いいですよね、隊長？

スタイナー　2×4で8本だ。

カミル　2×4？

スタイナー　お前らで食え。

カミル　……ありがとうございます。

スタイナー　露助（ろすけ）め。ついに動いたぞ。一網打尽！　電光石火だ。片っ端から撃ち殺せ。いいな？

間。

カミル　作戦は？

スタイナー　今読むよ。

（指令書を広げて）「敵軍到達予測時刻、深夜2500時（ニィゴオマルマル）から2530時（ニィゴオサンマル）。

ロシア軍南西正面軍司令官ブルーシロ、……ブルシロー、ブルシ、

ベルナルド　(指令書を覗き込み)ブルシーロフ?

スタイナー　ん、ブルシーロフ[*]将軍指揮下の軍備増強は、先月末より報告されていた。本日2045(ニィマルヨンゴオ)時、ウルヌ川流域、ポイントKの8にて敵斥候と思しき人影あり。また、同盟国ドイツの諜報部隊からも、明日、6月4日の警戒を促す情報が届いている。以(も)って第11師団は2200(ニィニィマルマル)時より総員戦闘配備につく」。

ベルナルド　22時から?

スタイナー　俺たちの配備は23時からだ。仮眠しとけ。

カミル　作戦内容は?

スタイナー　来たら、撃つ。

ベルナルド　え?　それだけ?

スタイナー　今から説明するよ。意味ないと思うけどな。

ベルナルド　どうして?

ブルシーロフ
第一次世界大戦のロシア軍司令官の一人。1916年6月4日から開始されたロシア軍の大規模攻撃、いわゆるブルシーロフ攻勢は東部戦線有数のすさまじい激戦になった。オーストリア側は多数の捕虜を出し、撤退を余儀なくされた。最終的にはロシア側の犠牲も甚大で、両軍ともに多くの戦死者を出した。

スタイナー、指令書に目をやり、

スタイナー　「カルパチア山脈北東、ポイントB6からポイントF12に展開中と予測される敵軍前線部隊は、南より第1・第2・第3・第4塹壕に潜伏しつつポイントE11に確認されている機関砲台・η（イータ）を中心とした半径2マイル以内のいずれかの位置に2～4中隊からなる突撃部隊を擁し、その背景にはポイントBの7からPの11・5までのいずれかの点θ（シータ）を中心とする半径2マイルの領域Ξ（クシー）に駐留していると思しき一個中隊級の歩兵隊が……。

ベルナルド　隊長。全然わかりません。

スタイナー　俺にもわからん。

ベルナルド　そんな。

スタイナー　待ってろ。……灰皿寄越せ。

スタイナー、食料の包みを開いて、机の上に「戦場」の様子を描き出し始める。

スタイナー　（パンを並べて）カルパチア山脈。
　　（ソーセージを並べて）ウルヌ川。

カミル　手、綺麗ですか。

スタイナー　綺麗だよ。さっきウンコしたからな。綺麗に洗ったばかりだ。

カミル　……はい。

スタイナー　我が軍の展開状況は、（シケモクを並べながら）……大体、こんな、

ベルナルド　え、ちょっと、

スタイナー　何だよ。

ベルナルド　食べ物の傍にタバコは……。

スタイナー　大体こんな感じだ。このひとつひとつが一個連隊だと思え。俺たちは、ここ。

露助どもは、ウルヌ川を挟んで、北。距離は4マイル。この辺だな。

カミル　数は？

スタイナー　20万。

カミル　よし。

スタイナー　から65万。

カミル　は？

スタイナー　少なく見積もって、20万。あるいは多くても、65万。こんな感じだ。

スタイナー、灰皿の中身をぶちまける。スキットルから酒を飲む。

カミル　……20万から65万、って。3倍違いますよ？

スタイナー　じゃあお前が行って数えて来い。わからんもんは、わからん。

ベルナルド　装備は？

スタイナー　（指令書を読み）「短剣小銃、手投げ弾、迫撃砲と言った通常兵装に加え、機関砲、高射砲、速射砲、野砲、カノン砲、長距離迫撃砲、駐退機と言った重兵装にも警戒せよ」。……「また、照明弾、炸裂弾などによる撹乱や、毒ガス攻撃にも警戒せよ」。……「また、遊撃隊や独立部隊などの少数による突撃にも警戒せよ」。……「また」。（指令書を捨てて）……まぁ、これも、何が来るかわからん。

カミル　意味ないですね。確かに。

スタイナー　歩兵は、迎撃すりゃいいのよ。要は。第一、連中に何ができる？　ロシアのドブネズミどもめ。今ごろ銃筒（じゅうとう）磨きながら震えてるよ。塹壕戦は、守りに有利だ。心配すんな。勝つときは勝つ。負けるときは負ける。死ぬときは死ぬ。

ベルナルド　勝つときは勝つ。死ぬときは、死ぬ。

スタイナー　そうさ。……あぁ、そうだ。誰か？　登る奴？

間。

スタイナー　（指令書を読み）「この迎撃戦においては、哨戒塔からの索敵任務が何より重要である。早期からの目視警戒、および迅速かつ確実な敵勢（てきぜい）の数・距離・方角・進行速度の把握が、作戦成功に不可欠である」。

「我が軍の塹壕および機銃配置は既に敵斥候により特定されている可能性が非常に高い。このため、各哨戒塔に4機あるサーチライトは全機点灯。迫撃砲による射撃には万全の警戒を取りつつ、任務に当たれ」。

登る奴は？

沈黙。

スタイナー　後でくじ引きだな。（指令書を見て）「迫撃砲による射撃に

は万全の警戒を取りつつ」……、なんつっても、まぁ。飛んできたら、
終わりだ。神にでも祈れ。

間。

ベルナルド 隊長。
スタイナー 弱音を吐く奴は死ね。
ベルナルド 神はいますか。
スタイナー 作戦書には書かれていない。有刺鉄線*にでも絡まって、
野垂れ死んでるんじゃないか。……余計なこと考えるな。どうしよ
うもないことは、どうしようもない。今度ばっかりは理屈じゃない、
オーストリア軍もロシア軍もこの数ヵ月の睨み合いで、パンパンに
詰め込んだ小麦粉袋みたいなもんだな、穴が開いたら、一気にどー
ん！ どこから、どれだけ、どんな具合に出てくるかわからん。だ
がわからんと思うな。来たら撃つ。それはわかる。

有刺鉄線
塹壕、機関銃と並んで、第一次世界大戦の象徴的な戦術装置が有刺鉄線による鉄条網である。有刺鉄線に絡まって身動きできなくなった兵士は恰好の標的となり、塹壕から狙い撃たれた。

他に何が要る？　何も要らん。迎撃戦に神は要らない。あった方が気が楽だってんなら、

スタイナー、スキットルを机の上に置き、

スタイナー　これが神だ。この辺にいる。ぴかぴか光って、頼もしいな。神のご加護は我が軍にあり。そういうことにしとけ。カミル。

カミル　はい。

スタイナー　ちょっと一緒に来い。機関砲の手入れ手伝え。

カミル　はい。

スタイナー、出て行く。

カミル　ベルナルド。あのバカ戻ったら、それ、説明しておけ。

カミル、ソーセージを2本くわえて、出て行く。

【4】写像理論

ルートヴィヒ、作戦書を見ながら、神妙そうに、机の上の戦場の配置を直している。

ベルナルド　何やってるんですか。
ルートヴィヒ　……。
ベルナルド　（シケモクをつまんで）このひとつひとつが、一個連隊、約4000人、
ルートヴィヒ　動かすな。
ベルナルド　はい。
ルートヴィヒ　……どこから来る。

ベルナルド　……この辺。

ルートヴィヒ　……ない。

ベルナルド　どうして？

ルートヴィヒ　この辺りは急斜面だ。崖もあるし、灌木の茂みに足がとられる。攻めるには不利だ。

ベルナルド　……じゃあ、こっち。

ルートヴィヒ　……それもない。

ベルナルド　どうして？

ルートヴィヒ　第2塹壕ラインにすぐ後退できる。守る側に有利だ。

ベルナルド　……そっか！

ルートヴィヒ　ん？

ベルナルド　敵の側から、考えればいいんだ。

ルートヴィヒ　そうだよ。

ベルナルド、立ち位置を変え、ロシア軍側に立つ。

ベルナルド　僕なら、……でも、そこの、すぐ後ろに塹壕があるなんて……（想像できないと思う）

ルートヴィヒ　先月17日と21日に偵察機が通った。撃墜に失敗してる。なら、

ベルナルド　そっか。

ルートヴィヒ　そうだ。把握されてると思った方がいい。

ベルナルド　……機関砲の位置もバレてますよね。ココと、ココと、ココとココと、……

　ルートヴィヒ、はたと思い立ち、部屋の隅へ何かを取りに行く。

ベルナルド　どしたんですか。

　ルートヴィヒ、替えのボタンを置いていく。

ベルナルド　ボタン？
ルートヴィヒ　赤いボタンが機関砲だ。（置きながら）茶色が……、……哨戒塔。緑が、長距離砲。
ベルナルド　……はい。
ルートヴィヒ　この毛糸が、塹壕ラインで……。

ルートヴィヒ、黙々と置いていく。ボタンがそれぞれ、10個ずつほど。毛糸が3～4本。

ベルナルド　わかった。
ルートヴィヒ　ん？
ベルナルド　ここだ。ここ。ほら、手薄なのは、ここ。
ルートヴィヒ　いや、そこはない。
ベルナルド　でも、
ルートヴィヒ　ここを突破しても、先に何がある？（黒パンを手に取り）

山があるだけ。敵の目標は、（トランプを置いて）11師団の本隊が駐留しているここか、オーストリア本国に通じる……。

ルートヴィヒ、イスを置いて、

ルートヴィヒ　……オーストリア、……ハンガリー、……スロバキア地方。……位置関係はこうだ。当面は、……（トランプを置いて）リボフ。……ここの奪還が目標のはずだろ？

ベルナルド　面白いですね。

ルートヴィヒ　ん？

ベルナルド　このイス。これが、オーストリア？

ルートヴィヒ　と、いうことに、

ベルナルド　ボロボロだ。オーストリア帝国は、ボロボロ。

ルートヴィヒ　……。

ルートヴィヒ、考え込んでいる。自分の中に走った違和感の原因を追求していく。

ルートヴィヒ　待てよ。……（閃き、興奮して）どうしてこんなことができるんだ？

ベルナルド　え？

ルートヴィヒ　（イスを示して）これはオーストリアじゃない。イスだ！

ベルナルド　……いえ、オーストリアです。今は。

ルートヴィヒ　イスだろう。

ベルナルド　イスです。

ルートヴィヒ　でもこのイスは今、オーストリアを表している。……このパンは？

ベルナルド　パンです。

ルートヴィヒ　違う！　カルパチア山脈だ。

ベルナルド　えぇ、今は、カルパチア山脈です。

ルートヴィヒ　でもパンだ。

ベルナルド　パンです。

ルートヴィヒ　しかし山だ。

ベルナルド　パンです。

ルートヴィヒ　山だ！

ベルナルド　山です。

ルートヴィヒ　……（茶色いボタンのある場所を指差し）これは？

ベルナルド　僕たちのいる、（一個連隊＝シケモクで……）

ルートヴィヒ　違う。哨戒塔だ。茶色のボタンが哨戒塔。……（緑のボタンを指差し）それは？

ベルナルド　……機関砲？

ルートヴィヒ　違う。緑のボタンは？

ベルナルド　長距離砲。

ルートヴィヒ　ならこれは？（＊緑のボタン）

ベルナルド　長距離砲です。

ルートヴィヒ　これは？（再び別の、緑のボタンを示す）
ベルナルド　機関砲？
ルートヴィヒ　違うだろう！　緑は、
ベルナルド　長距離砲です。
ルートヴィヒ　そうだ。

間。

ルートヴィヒ、自分が気づいてしまったことの深淵さに、打ち震えている。

ルートヴィヒ　（ソーセージをつまみ）これは、ウルヌ川だ。しかしこれは、ソーセージだ。
（毛糸をつまみ）これは塹壕。しかしこれは毛糸だ。しかし毛糸は、塹壕だ。
（茶色いボタンをつまみ）これが哨戒塔。しかしこれは何の変哲もない茶色いボタンだ。茶色いボタンと哨戒塔の間に、何ら論理的な関連はない。しかし、これが哨戒塔を表しているということは、明らかだ、はっきりしている……。
ベルナルド。

ベルナルド はい。

ルートヴィヒ お前が立っている場所は？

ベルナルド え？　ここ？

ルートヴィヒ そこはどこだ。

ベルナルド （少し考え）兵営、１１４番兵営の、

ルートヴィヒ 違う。そこは？（机の上の箱庭を示し）これで言うと？

ベルナルド ……ベラルーシの辺りでしょうか？

ルートヴィヒ そうだ！　ベラルーシ。（別の場所を指差し）そこが、ウクライナ。なら、あれは？

ルートヴィヒ、部屋の隅の何かを指さす。

ベルナルド　（少し移動して）この辺りからロシアだから、……モスクワ？

ルートヴィヒ　そうだ。それくらいだ。あれが、トルコ。その辺がイタリア、あっちが、スペイン、あそこのあれが、

ベルナルド　フランス？

ルートヴィヒ　違う、よく見ろ、スロバキアよりはっきりと北だから、

ベルナルド　イギリス！

ルートヴィヒ　そうだ！　あれがイギリス、あのイスがイギリスだ！——どうしてこんなことができる？　（ボタンを拾い）これは、茶色いボタンだ。しかしこれは、哨戒塔を表している。——哨戒塔という名の、高さ15メートルくらいの塔、敵の接近を発見するために建てられた塔で、最上階にはサーチライトと迎撃用の迫撃砲があり、

……

このボタンは、哨戒塔を表している。同様に、「哨戒塔」という言葉は、哨戒塔と言う名の高さ15メートルの建造物を表している。僕らは、……なぁ、ベルナルド。

ベルナルド　はい。

ルートヴィヒ　この部屋がもしもう少し広ければ、この地図を拡大して、ヨーロッパ全土を描くこともできるな？

ベルナルド　できます！

ルートヴィヒ　もっと広かったら？　地球全体を、いや宇宙全体を表すこともできる。

ベルナルド　はい。

ルートヴィヒ　僕らはここ、カルパチア山脈がここ、ロシア、モスクワ、ベラルーシ、ウクライナ、スロバキア、ハンガリー、オーストリア、ドイツ、フランス、イギリス、描ける。黒パンとソーセージとシケモクと、毛糸とボタンとイスを使って、僕らはヨーロッパ東部戦線を描ける。

——同じことじゃないか？　言葉とは。同じことじゃないか？

ベルナルド　言葉？

ルートヴィヒ　ベルナルド。我が軍は、カルパチア山脈の北東に位置している。

ベルナルド　はい。

ルートヴィヒ　カルパチア山脈は、ヨーロッパの東に位置している。

ベルナルド　はい。

ルートヴィヒ　ヨーロッパは、ユーラシア大陸の北西に位置している。

ベルナルド　そうです。

ルートヴィヒ　ユーラシア大陸は、地球上、北半球、東経ゼロ度から約180度にまたがって位置している。

ベルナルド　そうなんですか？

ルートヴィヒ　地球は太陽系第3番目の惑星である。太陽系は銀河系に属する。銀河系は、宇宙に属する。宇宙とは、広大無辺に存在する。

ベルナルド　広大無辺？

ルートヴィヒ　どこまでも。どこまでもある。宇宙は、どこまでもある。

しかし、どこまであっても、語ることができる。――これは、すごいことだ！　僕たちはさっき、このパンを使ってカルパチア山脈を表した。これはすごいことだ。でも限界がある。この方法で宇宙を表すには、この部屋ではとても足りない。しかし、言葉、言葉を使えば、僕らは宇宙を語ることもできる！　このパンがカルパチア山脈を表しているように、言葉は現実を写しとることができるんだ。

ベルナルド　そうですね。

ルートヴィヒ　そうだろう。

ベルナルド　そうです。

ルートヴィヒ　そうなんだよ。

ベルナルド　それってすごいことですか。

ルートヴィヒ　これはすごいことだ！　と、思う！

ベルナルド　……机の上に、パンがある。

ルートヴィヒ　「机の上に、パンがある」、という言葉で僕たちは今、現実を写しとった。

ベルナルド　その隣にソーセージが8本、並べてある。

ルートヴィヒ　その言葉を通じて僕たちは今、現実を写しとった！　地図が地形を表すように、絵画や写真が現実を写しとるように、言葉を通じて我々は、この世界を写しとることができる。パンの隣にソーセージが8本、並べてある！　パンの隣に、ソーセージが8本並べてある！

ベルナルド　でも、

ルートヴィヒ　何だよ！

ベルナルド　……6本しかないですけど。今は。

問。
以下の会話で、ルートヴィヒは、まずは失意し、次に「ソーセージが8本並べてある」という事実と反する言明にどんな意味があるのか、考え始める。

ルートヴィヒ　……あぁ。

ベルナルド　カミルさん、食べてったから……。

ルートヴィヒ　……あぁ。

ベルナルド　でも何か、わかります、僕、その……。言葉と絵が、似てるって。いやその僕、実はその、……絵描きなんです。

ルートヴィヒ　あぁ。

ベルナルド　絵描き、だったんです。ちょっと前まで。全然、売れない……、絵葉書*描いて、売ったりして。でも全然売れない、……特に戦争はじまってからは……。半年分、家賃溜め込んじゃって。そういうときって、ポスト、覗かなくなるんですけど。わかります？

ルートヴィヒ　（「言葉は現実を写しとる」という発見に意義があるとすれば、「ソーセージが8本ある」という偽の言明が許される意味が）わからない。

ベルナルド　いろいろ、その、家賃とか借金の督促来てるから、覗かなくなるんです。催促されたって払えないから。でも、ある日、えいっ！　て見たら、山のような督促状と、あと、召集令状が。僕ね、

絵葉書
印刷技術の向上や万国博覧会の開催などを背景に、世紀末から20世紀初頭のヨーロッパで絵葉書ブームが起きた。戦争もまた、故郷と戦地をつなぐ通信手段として大量の絵葉書が需要される機会となった。

その……。家賃が払えないから、戦争に来たんです。

……軽蔑しますか？

沈黙。

ルートヴィヒは、考え続けている。

ルートヴィヒ　どんな絵を？

ベルナルド　……普通の、風景画を。

ルートヴィヒ　見せろよ。

ベルナルド　……嫌ですよ。

ルートヴィヒ　ならいい。

ルートヴィヒ、考え続ける。

ベルナルド、しばらくじっとしているが、自分のザックから絵葉書を取り出し、持ってくる。

ベルナルド　……どうぞ。……どうですか。

ルートヴィヒ　……驚いた。

ベルナルド　才能、ないでしょう。

ルートヴィヒ　いや。

ベルナルド　嘘だ。

ルートヴィヒ　驚いたよ。デッサンがきちんとしてる。……今どき、あり得ないくらい正確な、三点透視法だ。

ベルナルド　古いってよく、言われます。それに地味だって。

ルートヴィヒ　古くたっていい。絵画における古典派は、正統派だ。絵画芸術の基礎だ。僕は好きだ。……モノクロだ。色は塗らないのか？

間。

ベルナルド、一瞬、答えに窮し、

ベルナルド　……クリムトと知り合いなんです、僕。

ルートヴィヒ　へぇ？

ベルナルド　ウィーンの絵画アカデミー、受験したことがあって。落ちたんですけど。その時一度だけ。でも、似たようなこと言われました。型があるから、型を破れる、勉強しなさい、って。本当は僕も、ああいう、クリムトみたいな絵が描きたくて。描いてみたくって。でも、描くと、ただのパクリみたいになっちゃって……。

ルートヴィヒ　僕も彼のことはよく知っている。よくうちに来て、夕食を食べていった。

ベルナルド　どこが面白いんですか、今の冗談？

ルートヴィヒ　冗談じゃない。

　間。

ベルナルド　……！　……あ！　え？　あ！

1897年、クリムトを中心にウィーン分離派が結成される。その活動拠点である分離派会館は、ウィトゲンシュタインの父カールの後援によって建てられた。鉄鋼事業で成功してオーストリア有数の大富豪となったウィトゲンシュタイン家は、芸術家の良きパトロンであった。その邸宅は、ブラームスやマーラーなど多くの音楽家が訪れる文化サロンだった。ウィトゲンシュタイン自身も父の遺産の相続分をリルケ、トラークル、ココシュカなどの芸術家たちに寄贈している。

ルートヴィヒ　ん？

ベルナルド　『マルガレーテ・ストーンボロー＝ウィトゲンシュタインの肖像』[*]！

ルートヴィヒ　あぁ。

ベルナルド　ウィトゲンシュタイン家の、お嬢さん！　……を、描いた、あれは、……？

ルートヴィヒ　姉だよ。

ベルナルド、文字通り欣喜雀躍、地団駄踏んで喜ぶ！

ベルナルド　うわぁ！　うわぁ！　うわぁ！

ルートヴィヒ　何だよ。

ベルナルド　クリムトと、あのクリムトと、晩御飯を一緒に？

ルートヴィヒ　あぁ。

ベルナルド　うわぁ！　うわぁ！　うわぁ！

マルガレーテ
ウィトゲンシュタインの3番目の姉。クリムトによる肖像画は1905年、彼女の祝婚画として描かれた。ウィトゲンシュタインがイタリアの捕虜収容所に収容されていたとき、たまたまこの肖像画のことが話題になり、ウィトゲンシュタインが「私の姉だ」と言って周囲にびっくりされたというエピソードがある。肖像画は現在、ミュンヘンのノイエ・ピナコテークに所蔵されている。

ルートヴィヒ　スケッチしたことがあるよ。一緒に。

ベルナルド　うわぁ！　うわぁ！　死んでもいい、僕なら！

ルートヴィヒ　そうか。

ベルナルド　今でもたまに？

ルートヴィヒ　……僕はご無沙汰だけど、姉が多分、ちょくちょく。

ベルナルド　うわぁ！　うわぁ！　うわぁ！

ルートヴィヒ　うるさいな。

ベルナルド　帰ったら、紹介して下さい！　ぼく！

ルートヴィヒ　紹介って……。

ベルナルド　あ、いえ！　じゃ、せめて、その日だけ、お給仕やらせて下さい、僕！　お皿を運ばせたら、僕、ちょっといい仕事しますよ！　だから、

ルートヴィヒ　一緒に食べろよ。

ベルナルド　……（感動し）いいんですか？

ルートヴィヒ　いいよ。

ベルナルド　うわぁ！　うわぁ！　うわぁ！

ルートヴィヒ　静かにしてくれないか。

ベルナルド　ごめんなさい！　うわぁ！

ルートヴィヒ　そんなに嬉しいか。

ベルナルド　はい、あの人は僕の、神さまですから、だから……。

ルートヴィヒ　生きて帰ったらな。

ベルナルド　はい、生きて……！

ベルナルド、机の上の戦場を見る。

そしてベルナルド、胸中に生まれた生への希望／希求と、それを打ち殺しにかかる死の予感を同時に感じ、「生きる」という強い意志の炎を胸に宿し、黒パンを手に取って、食べる。

ルートヴィヒは、その様子を見て、再び考える。

ルートヴィヒ　カルパチア山脈から、山が1つ消えた。

ベルナルド　——生きて帰ります。僕。

ルートヴィヒ　「机の上に、黒パンがある」。

ルートヴィヒ、最後の黒パンを手に取り、一口かじる。

ルートヴィヒ　「机の上に、黒パンがある」。——今やこの言葉は偽だ。間違っている。しかし、僕は今でも言うことができる。「机の上に、黒パンがある」。

ベルナルド　あったらいいですね。

ルートヴィヒ　「ソーセージが8本ある」。

ベルナルド　6本です。

ルートヴィヒ　そうだ。「ソーセージが6本ある」。こう言えば真だ。正しい。事実だ。しかし、ベルナルド、ソーセージを食べる。
ルートヴィヒもソーセージを手に取る。ソーセージが2本残る。

ルートヴィヒ　「机の上にソーセージが6本ある」。今度は偽だ。事実と反する。2本しかない。

ベルナルド　食べちゃいましょうか。ミヒャエルさんの分。

ルートヴィヒ　「机の上にソーセージが6本ある」。——という言葉によって、今、僕は、現実ではなく、過去を語った。それどころか、……「机の上にソーセージが200本ある」。

ベルナルド　あったらいいですね。

ルートヴィヒ　願望を語った。可能性を語った。あり得るかもしれない未来を語った。言葉は、——

ベルナルド　絵と似ている。

ルートヴィヒ　絵よりすごい。すごいぞ、ベルナルド！　言葉は、宇宙のすみずみ、どこまでも、それどころか、あり得るかもしれない世

「絵画は意味を持つが、我々はそれを思考できない。絵画は論理を有しないが故に論理空間と無縁であり、まさにそのために言語と思考によって尽くせない意味を有するのである。純粋な絵画は無限の意味を内包する。他方、語られた言葉はどのように短いものであれ、思考の全宇宙とともに与えられる。語られた言葉について考えるとは、思考の宇宙の中の一つの論理的場所について考えることであり、その場所から無数の思考の場所へと伸びる経路について考えることである。言葉で何かを語るとは、無限に広がる思考の経路への入り口を示すことなのである。」鬼界彰夫『ウィトゲンシュタインはこう考えた』

界すべてを、語ることができる！
——（ボタンを見て）哨戒塔。——（毛糸を見て）塹壕。——（シケモクを見て）一個連隊。——（部屋の片隅を見て）モスクワ。——（イスを見て）オーストリア。——（スキットルを見て）……。

ルートヴィヒ、スキットルを手に取る。
そして、じっと見つめる。

ルートヴィヒ　……これは？　これはどこにある？　これは、ここにはないはずだ。戦場に神はいない。いやヨーロッパ中、地球全土、どこを探しても神はいない。物質的には神は存在しない。しかしとにかく、僕は、言うことができる。——神はいる。
ベルナルド　いますかね、本当に？

間。

ルートヴィヒ　「机の上にパンがある」。いや、ない。はっきり言える。

「この部屋にはイスがある」。確かにある。はっきり言える。

……語り得るものについて我々は、はっきりと語ることができる。

――なら、スキットル（これ）はどうだ？　……この世界に神はいる。言うことはできる。でも、いるのか？　いないのか？　スキットル（これ）は、……どこに置けばいい？

語り得ないものは、存在しない、？　語り得ないものは、……。


ミヒャエルが戻ってくる。

ミヒャエル、ゆっくりとルートヴィヒに近づき、スキットルを奪う。一口飲んで、

ミヒャエル　……ん。何だこれ。ジンか？　いや、ウォッカかな。
ルートヴィヒ　……神だよ。
ミヒャエル　あ？

ルートヴィヒ　神だ。

転換。

【5】親愛なるルートヴィヒへ

ピンセントがルートヴィヒに話し掛ける。
ルートヴィヒの思考はコマのように高速で回転し始めた。

ピンセント　親愛なるルートヴィヒへ。君が今、見つけたことはすごいことだぜ？　――「僕は今、イギリスにいる」。「君は今、戦場にいる」。そうだね？

ルートヴィヒ　そうだ。はっきりしている。

ピンセント　「僕は今、航空整備の仕事についている」。「君は今、前線の兵営に着想を得て、ついに『仕事』をはじめた」。

ルートヴィヒ　そうだ。はっきりしてる。

ピンセント　よし。ならこう言おう。「僕は今、君の目の前にいる」。「君は、僕の目の前、ほんの数フィート先、手を伸ばせば届く場所にいる」。

ルートヴィヒ　それは違う。それも、はっきりしている。

ピンセント　間違いをはっきり語れる。どういうこと？

ルートヴィヒ　はっきりと思考（イメージ）できる。

ピンセント　そうだよ。

二人の間に微笑みが漂う。

ルートヴィヒは、ひとつひとつ言葉を置き、生まれる世界、広がる世界を、確かめていく。発見の喜び、その行間から、ピンセントがいない寂しさがこぼれる。

ルートヴィヒ　――僕はここにいる。汗と火薬の匂いのする兵営、テーブルが1つ、ベッドが6つ。3人の兵士が仮眠中。食べ残したパンが1つと、書きかけのノート。かすかなランプの光。時刻は夜、10時半。ロシア軍の前線が迫っている。君はいない。

ピンセント、ひとつひとつ言葉を置き、生まれる世界、広がる世界を、確かめていく。言葉が世界を生み出す喜び、その行間から、ルートヴィヒを案ずる気持ちが、こぼれている。

ピンセント　――僕はここにいる。整備工場の食堂、テニスコートくらい広い部屋に、大きなテーブルが8つ。レンズ豆とキャベツのスープをすすりながら、君へ書く手紙の内容を考えている。……電球の光。夜7時半。（音に気がついた様子で）今、ほら。整備場から複葉機が一機、飛び立った音が聞こえた！　――君はいない。でも僕はこうも言える。

別の風景が始まる。

ピンセント　——僕はここにいる。君の目の前、ほんの数フィート先、手を伸ばせば届く場所。僕たちはコーヒーを飲み、たまにチョコレートを食べたりする。君の胸には大きな勲章。僕の手には君の書いた本。完成した、君の哲学のすべてがまとめられた本だ！　2人は内容について話し合うのを楽しみにしている。時刻はまだ昼の12時過ぎ！

ルートヴィヒ　（笑って）はっきり言える。でもはっきりと、間違っている。

ピンセント　あぁそうさ。だから？

ルートヴィヒ　だからいい。

別の風景が始まる。

ピンセント　——僕たちは、ここにいる。ケンブリッジ大学、トリニティ・カレッジ、ハトの糞で汚れたチョーサー像が見渡す芝生。

ルートヴィヒ あそこか。

ピンセント 僕たちは、シートを広げて座っている。新聞と、蜂蜜を塗ったスコーンと、水筒に入れた紅茶。

ルートヴィヒ （空を見やり）イギリスにしては珍しく晴天。

ピンセント （芝生に手をつき、空を見上げ）僕は空を見上げる。君もだ。

ルートヴィヒ 飛行機雲。

ピンセント （手の感触）まだ朝露の残る芝生。時刻は午前10時。ラッセルの講義が始まる時間だ。

ルートヴィヒ 行かなくていい。

ピンセント （笑って）おい。

ルートヴィヒ 花壇にネモフィラが咲いてる。

ピンセント 僕らの頭上、すぐ上を、青い鳥が飛び去る、おっと！

ルートヴィヒ 猫が１匹、通りかかる。

ピンセント いや、猫が１００匹、通りかかる。

ルートヴィヒ　100匹？

ピンセント　何か文句あるかい？

ルートヴィヒ　いや。200匹でもいい。

ピンセント　んなわけあるか。

ルートヴィヒ　そうさ。はっきりと間違っている。しかし、語ることができる。それは世界の、思考の可能性を知ることだ。そして思考の限界は、言語の限界と一致する——。

（トランプを机に置き）トランプ。という言葉を足場にして、無数の世界が開ける。

——ここにトランプがある。トランプがない。トランプはあそこにある。トランプはこの部屋にはない。

ピンセント　トランプが1枚、トランプが2枚、トランプが100枚、トランプが1万枚。

ルートヴィヒ　新しいトランプ、古いトランプ、

ピンセント　トランプが歌う。トランプが歩き出す。

ルートヴィヒ　ハートの女王に命令されて？
ピンセント　そうさ。でないと首をはねられる！
木の上でチェシャ猫が笑う。三月ウサギが走り回り、キチガイ帽子屋がお茶会を始める。お茶会は永遠に続く。時間が言うことを聞かなくなった！
ルートヴィヒ　君は、ウサギの穴に落っこちた。
ピンセント　落っこちたのは君さ。（時計を見て）「うわぁ、大変だ！遅れる！　遅れる！　遅刻だよ！」
ルートヴィヒ　ナンセンスだ。

別の風景が始まる。

ピンセント　僕はここにいる。月面のクレーターの上！
ルートヴィヒ　ははは。
ピンセント　君もいる。

ルートヴィヒ　おいおい。酸素は？

ピンセント　酸素もある。

ルートヴィヒ　ならよかった。

ピンセント　地球が見える。

ルートヴィヒ　どう見える？

ピンセント　海の青、木々の緑、ところどころ火花が散ってて、雲がたくさん飛んでる。

ルートヴィヒ　イギリスの上はぜんぶ灰色。

ピンセント　真っ暗闇に、太陽が光っている。大きい。とても大きい。……水星、金星、地球、火星、木星、土星、天王星、海王星。

ルートヴィヒ　宇宙はどこまで広がってるんだ？

ピンセント　どこまでも。

ルートヴィヒ　世界に果てはないのか。

ピンセント　あるよ。あるけど僕たちは、世界の内側にいる。世界の外側は、内側からは見えない。見えたらそれは、世界の内側だ。そうだろ？

ルートヴィヒ　そうだな、つまり、こういうことができる。……思考の限界を示す境界線は、内側からのみ引くことができる。

ピンセント　星が眩しい。辺り一面、温かい光に包まれている。

ルートヴィヒ　宇宙には暗闇が広がってるんだろ？

ピンセント　いーや？　僕の目には、すべての星が光って、眩しいくらい。

ルートヴィヒ　ずいぶんはっきり言ったな。でもはっきりと、間違いだ。宇宙は暗い。

ピンセント　いや明るい。だってそうさ。君がいる。

（宇宙を見て）……きっとこの想像は間違っているだろうね。でもいいんだ。想像できる。そうだろう？　……ほうき星、宇宙船、天の川、それから……。

ルートヴィヒ　神はいるかい。

ピンセント　いないよ。いるわけがないだろう。

ルートヴィヒ　どうして。

ピンセント　宇宙はすべて、原子という小さなツブツブが集まってできている。

ルートヴィヒ　君までそんなくだらないことを、

ピンセント　（ベッドに寝転んで）だからここにはいない。いるとしたら、宇宙の外側で昼寝から起きたところさ。そして外側は、内側からは見えない。

間。

スタイナーの声が聞こえる。

スタイナー　起きろ！　集合である。現在時刻2240（ニイニイヨンマル）時。集合である！

ピンセント　続きはまた明日。

ルートヴィヒ　あぁ。でも、どうして返事をくれない？　デイヴィッド。

ピンセント　僕たちはいつだって話せる。明日（あした）も、明後日も、来年も。そうだろう？

ルートヴィヒ　そうだ。でも……。

【6】哨戒塔係

風景は兵営に戻る。

スタイナー　（起きているルートヴィヒを見つけて）……お前。仮眠しとけって言ったろ。

ルートヴィヒ　……すみません。

スタイナー　起きろ！

カミル、ベルナルド、起きてくる。

ミヒャエルは寝ている。

スタイナー　奴（やっこ）さんらめ、すぐ来てくれるとは限らんからな。毛布持ってけ。

カミル　動きましたか、あいつら？

スタイナー　心配するな、我が軍は勝つ。

ベルナルド　ホントに？

スタイナー　正義は我々にあり。そうだろう。

ベルナルド　はい。

カミル　もちろん。

スタイナー　さ、じゃあ、くじ引きだ。四の五の言うなよ、くじ引きだからな。恨むなら神さまを恨め、くじ引きだ。泣いても笑っても、くじ引きはくじ引きだ。（ミヒャエルが寝ているのを見て）……おい、ミヒャエル！　くじ引きだぞ、ミヒャエル！　起きろ！

カミル　隊長。

スタイナー　何だ。
カミル　お願いがあります。
スタイナー　早く起こせ、ミヒャエル。
カミル　俺が登ります。
ベルナルド　え？

　　間。

スタイナー　何？
カミル　俺が登ります。
スタイナー　……くじ引きだ。
カミル　今夜の哨戒塔には、俺が。カミル・フリードリヒが、登ります。
ベルナルド　どうして、
カミル　俺が登る。

スタイナー　……せっかくな、作ったんだぞ、これ。俺が。ほれ。（とくじ引きを見せる。）

カミル　俺が一番、役に立ちます。違いますか？

スタイナー　……。

カミル　俺が、登ります。危険は承知の上です。俺の意志です。文句、ないですよね。

スタイナー　ミヒャエル起こせ。

カミル　起こす必要はありません。俺が登ります。登らせて下さい。

間。

スタイナー　ミヒャエルを起こせ。

カミル　隊長。

スタイナー　……くじ引きを行う。

カミル　どうして。

スタイナー　くじ引きである。

カミル　……理由は。

スタイナー　理由なんかない。命令だ。……くじ引きである。

カミル　……くじ引きの命令を拒否します。

スタイナー　引け。命令だ。

ベルナルド　（決然と）僕も拒否します。

スタイナー　あああん？

ベルナルド　嫌です、僕。……いいじゃないですか、いるんだから！

スタイナー　くじ引きだ。

カミル　登れと言うなら登ります。

スタイナー　登れとは言わない。**くじを引け**と言ったんだ。……引け！
……ほら、誰から行く！

沈黙。

誰も、引こうとしない。

スタイナー　……ベルナルド・クント二等兵。

ベルナルド　はい。

スタイナー　お前はこれ。

ベルナルド　え？　え、ちょっと！

スタイナー、くじを引く。何の印もついていない。

スタイナー　……勲章のチャンスを逃した。

次。カミル・フリードリッヒ一等兵。

スタイナーが引こうとすると、カミル、急いで手を伸ばし、スタイナーの手を止める。

カミル　俺が登ります。
スタイナー　くじを引け。
カミル　嫌です！

沈黙。

カミル、葛藤するが、自分でくじを引く。何の印もついていない。

スタイナー　……ルートヴィヒ・ウィトゲンシュタイン伍長補。

ルートヴィヒ、自分でくじを引く。何の印もついていない。

カミル、うなだれ、床に手をつく。

スタイナー　……ミヒャエル・グルーム一等兵。
ルートヴィヒ　赤ですよ。はっきりしてる。
スタイナー　……引いてみるまでわからん。くじ引きである。

ミヒャエル・グルーム一等兵。

スタイナー、くじを引く。赤い印がついている。

沈黙。

スタイナー　……決まりだな。

カミル　あり得ない。

スタイナー　決まったことは、決まったことだ。

カミル　哨戒塔には俺が登ります。

スタイナー　ミヒャエルが登る。

カミル　俺が登ります。俺しかいない。

スタイナー　ミヒャエルだ。

カミル　俺だ！

……あのバカが登ったんじゃあ、何の意味もない、あいつは何も知らない、俺は知ってる、俺なら弾丸の着弾地点と角度を元に、敵兵がどの辺りにいるのか割り出せます。

スタイナー　ミヒャエルが行く。

カミル　馬鹿げてる！　非論理的だ！　あいつが登ったって、クソの役にも立たない、間違った情報を知らされて、下にいる俺たちがうろたえるだけです！

……哨戒塔の任務は。照らすことです。明らかにすることです。敵が、今、どこに、どれくらい、迫りつつあるのか。……俺には数学がわかる。俺ならわかる。隊長。弾丸が飛んできたら、敵軍がどこまで迫っているのか、割り出すことができる。俺なら。

スタイナー　哨戒塔係は、ミヒャエル・グルーム一等兵と決まった。ミヒャエルが行く。

カミル　どうして！

間。

スタイナー　お前は数学がわかる。お前は我が軍に必要な人間だ。
カミル　ありがとうございます。
スタイナー　だからお前は死んではならない。上にはミヒャエルが行く。
カミル　……おかしいでしょう、今の。
スタイナー　何が。
カミル　負けるんですか?

間。

スタイナー　勝つときは勝つし、負けるときは負ける。
カミル　俺が登れば、勝つ確率が少し上がる。
スタイナー　だが。お前が死んだら。我が軍が負ける確率が、少し上がる。
カミル　我が軍は負けない。

スタイナー　どうして。

カミル　あんたがさっき言ったんだろ。我が軍は勝つ。我が軍が正義だから。

間。

ルートヴィヒ　それは、（論理的じゃない）

ベルナルド　それは論理的じゃ、ありません。

カミル　殺すぞ！

間。

この辺りから、ミヒャエルが起きて、様子を伺っている。ミヒャエルは、つまらなさそうに、煙草を吸ったり、トランプを弄んだりしている。

ベルナルド　（カミルに）僕たちは、正しい？

カミル　……。

スタイナー　セルビア人のテロリストが、我が国の皇太子を撃ち殺した。セルビア国に対し、我が国が宣戦布告した。すると、セルビアと同盟を結んでいたロシアが、我が国に敵対し、参戦した。すると我が国の同盟国であるドイツが参戦した。するとドイツに敵対しているフランスが加わり、イギリスが加わり、その同盟国である日本と中国が加わり、アメリカが加わった。

誰が悪い？

ベルナルド　……。

スタイナー　我々は一切、悪くない。我々は正しい。

ベルナルド　悪くない、つまり、負けない。それって、

スタイナー　お前はバカになったのか！

間。

ルートヴィヒ　僕が登ります。

カミル　……はぁ？

ルートヴィヒ　数学なら僕の方が上です。

間。

カミル　また俺を馬鹿にするのか。

ルートヴィヒ　馬鹿になんかしてない。

カミル　俺は、工業高校を出た。算術。計算。力学。摩擦。俺は知ってる。俺は知ってる。

ルートヴィヒ　僕も知ってる。

カミル　てめぇは哲学科出のおぼっちゃんだろうが。

ルートヴィヒ　その前は工科大学の機械工学科にいた。数学と工学、航空力学ならマスタークラスだ。君より詳しい。

カミル　あり得ない！　俺の方が詳しい！

ウィトゲンシュタインは14歳のときリンツの実科学校に入学し、技術系の教育を受けた。これが彼の初めての学校生活だった。同時期にヒトラーも同じ学校で学んでいたという。卒業後はベルリンの工科大学に進学。その後イギリスに渡り、マンチェスター大学で航空工学を研究し、プロペラの設計などを行なった。

ルートヴィヒ　証明して見せようか。

カミル　どうやって。

ルートヴィヒ、机の上の戦場を示しながら、

ルートヴィヒ　……迫撃砲の発射地点を、仮に点pと置く。我々の哨戒塔を、点qと置く。これに対し、速度200メートル毎秒の弾丸が、そうだな、30度の角度で哨戒塔に着弾した。この場合の、点p・q間の距離を求めよ。

できるか？

カミル　できる。

ルートヴィヒ　無理だよ。

カミル　三角関数を使えばわかる。

ルートヴィヒ　本当か？

カミル　ほ・ん・と・う・だ！

間。

ルートヴィヒ　今の条件には、風向きも空気抵抗も、重力加速度も示されていない。

カミル　だからどうした。

ルートヴィヒ　計算できない。データが足りない。

カミル　誤差の範囲だ。

ルートヴィヒ　じゃあ、重力加速度は?*　放物運動の計算に使われる重力加速度は、約何メートル毎秒毎秒だ。

カミル　約?

ルートヴィヒ　約。

カミル　約、20秒。

ルートヴィヒ　違う。全然違う。単位も違うぞ?　正解は約、9.8メートル毎秒毎秒、正確には、

カミル　俺はわかる。

重力加速度
重力加速度は地球上どこでもほぼ一定。1901年に標準重力加速度の値が定められた。カミルが実は物理学の基本知識すら持っていないことをあばかれた瞬間、彼の論理は破綻し、論理の外にある本心が噴出する。

ルートヴィヒ　君は何も言えない、わからないはずだ。因数がなければ解は導けない。語り得ないことを語っている。

カミル　俺が登る。お前じゃない。

ルートヴィヒ　……どうしてそんなに登りたいんだ？

間。カミル、足を机の上に投げ出す。

沈黙。

カミル　俺たちは勝つよ。間違いない。でも俺は、……塹壕には戻らない。あの地面の下の、真っ暗闇に戻るくらいなら、弾丸に当って死ぬ。

ベルナルド　痛むんですか。

カミル　……違う、痛くない。痒いだけだ。

沈黙。

スタイナー　勝つときは勝つ。負けるときは負ける。戦争が数字で動くか、ばか野郎。

ルートヴィヒ　それも何も言わないのと一緒だ。p∪p.～p∪～p（pならばpかつpでないならpでない）。

スタイナー　何言ってんだ。

ルートヴィヒ　何も言っていないということです。勝つときは勝つ、負けるときは負ける。常に真だ、何も教えてはくれない。

スタイナー　ばか野郎。

ルートヴィヒ　論理的に考えて、

スタイナー　なぁお前。

ルートヴィヒ　はい。

スタイナー　……俺の趣味、何だと思う。

間。

ルートヴィヒ　は？

スタイナー　俺の趣味だよ。日曜日とかにやることだ。

ベルナルド　それが何の、

スタイナー　いいから答えろ。

ベルナルド　……腕立て伏せとか？

スタイナー　残念。

ルートヴィヒ　……バーベキュー。

スタイナー　残念。

ミヒャエル　レスリング。

スタイナー　起きてたのかお前。

ミヒャエル　レスリング。

スタイナー　残念。見た目で人を判断するな。……正解は、読書だ。

ベルナルド　まじですか。

スタイナー　あぁ。

ベルナルド　嘘だぁ。

スタイナー　本当である。今は、アルトゥール・シュニッテラーを読んでいる。

ルートヴィヒ　アルトゥール・シュニッツラー。

スタイナー　アルトゥール・シュニッツラーを読んでいる。[*]

ベルナルド　わかるんですか。

スタイナー　大体わからん。まず、誰が誰だかわからんし、どこまで読んだかもよくわからん。でもたまに、ぐっとくる言葉がある。それさえ意味はわからん。わからんが、元気が出る。

奴め、こないだとんでもないことを書いていたぞ。――「最近は教会へ行くと神さまはいつもお留守だ。当然だ。でも私は居場所を知っている」。こう言うんだな。

ベルナルド　どこですか。

スタイナー　そこなんだよ。

アルトゥール・シュニッツラー（1862〜1931）医師から転身し、世紀転換期のウィーンを代表する作家・劇作家となった。『アナトール』『輪舞』など、ブルジョア階級の刹那的な恋愛や性愛を活写した心理小説や戯曲を得意とした。なお、ここでスタイナー隊長が引き合いに出す一節は谷賢一の完全なる創作である。

ベルナルド　そこって。
スタイナー　それがな。笑えるぞ。
ベルナルド　はい。
スタイナー　ちょっと今、思い出せなくってな。大変に、焦っている。どこだったか……。
ベルナルド　意味ないじゃないですか。
スタイナー　（ルートヴィヒに）わかったか？　今の話。
ルートヴィヒ　……わかりません。

ベルナルド、スキットルをそっと手に取り、慎重に、祈るように、テーブルの上の戦場における自軍の領地の中に置く。

ベルナルド　ここです。……ここにいます。こいつは。
スタイナー　そうか。
ベルナルド　……たぶん。

スタイナー　……そうさ。適当に置いときゃいいのさ。
ルートヴィヒ　そこには置けない。
スタイナー　あ？
ルートヴィヒ　そこに置けるはずがない。
スタイナー　置いた。
ルートヴィヒ　置いたら神は、物質になってしまう。
スタイナー　まぁ、ちょっとでかいな。（シケモクをつまみ）一個連隊がこれなら、神は、相当でかい。
ベルナルド　（ルートヴィヒに）いけませんか。
ルートヴィヒ　信じるのは勝手だ、でも厳密にはそこには置けない。論理的に言ってあり得ない。
カミル　おい。……福音書先生。
ルートヴィヒ　何だ。
カミル　じゃあどこにいるんだ。
ルートヴィヒ　え？

カミル　神はいない。いるわけがない。なのにお前はいつも読んでるな。福音書を。

ルートヴィヒ　僕も神はいないと思う。

カミル　物質的には？　じゃ雲の上で頭の上に輪っか乗っけてニコニコしてんのか？

ルートヴィヒ　そうじゃなくて……。

カミル　教えてくれよ。ならどこにいる。

ルートヴィヒ　それは、つまり、……僕はいわゆる創造主、造物主としての神を、つまり一個の人格を持った神という存在は想定していない、しかし、

カミル　わかりやすく。

ルートヴィヒ　神はいない。でも神に似たものはあるはずだ。僕たちの祖先が神と呼んだ何か、（ベルナルドに）君がさっきクリムトをそう呼んだ何か、どこか、どこだか出掛けてしまって、この部屋にはもういない、つまり……。

ルートヴィヒ、部屋の明かりを消す。
場内は、文字通り完全暗転となる。
静寂。

ルートヴィヒ　何が見える。
カミル　何も。
ルートヴィヒ　そうだ。何もない。……この部屋にはイスが4つある。それはきっと確かだ、でも意味がない。僕がいて、君がいる。それもきっと確かだ、でも意味がない。違うか？
カミル　物質的には存在する。今でも。
ルートヴィヒ　だから何だ？　それがどうした？　君にとって何の意味がある？　ないだろう？
カミル　当たり前だ。
ルートヴィヒ　これだよ。これ。これでは意味がないんだ。

カミル　当たり前だ。
ルートヴィヒ　そうだよ。そうだろう。
カミル　そうさ。
ルートヴィヒ　……今。何かに似てると思わないか？
カミル　何か？
ルートヴィヒ　今から君たちが行く場所だ。
カミル　……。

沈黙。

ベルナルド　そこは、静かなところでしょうか。
ルートヴィヒ　静かなときもある。
ベルナルド　そこは、暗いところですよね。
ルートヴィヒ　暗いこともある。
ベルナルド　じめじめしていて、狭い……。目に見えない細菌や、バクテリア？　とか、そういうのがいる、汚くって、狭い……。
ルートヴィヒ　そうだ。
ベルナルド　……いつ、どこから敵が襲ってくるか、わからない。姿の見えない敵に、ずっと怯えている。膝に毛布をかけて。冷たい銃身を抱えながら。

以下、一同は塹壕の感覚を思い出し、ベルナルドのモノローグに導かれる格好で、場は塹壕となる。

ベルナルド　ときどき、遠くで音が聞こえます。

劇場の隅で小さく音が鳴る。

スタイナー　来たか！
カミル　敵か！

スタイナー　哨戒塔係！　何やってる、照らせ、照らせ！

哨戒塔が照らす。

ルートヴィヒ　敵影、確認できず！
スタイナー　照らせ！　照らせーい！
ルートヴィヒ　敵影、確認できません！
カミル　……違ったか。
スタイナー　……引き続き、持ち場にて待機！

息が詰まるような沈黙。
男たちの息遣いだけが聞こえている。

ベルナルド　ときどき、遠くで何か光ります。

劇場の隅で、きらりと何か、光る。

スタイナー　来たぞ！

カミル　射撃用意！

スタイナー　哨戒塔係！

哨戒塔が照らす。

ルートヴィヒ　確認できません！

スタイナー　よく探せ！　探せ！

ルートヴィヒ　確認できません！

スタイナー　見えないからっていないとは限らん！　警戒緩めるな！

各自、射撃準備しつつ、その場で待機！　気を緩めるな！

男たちの汗の流れる音さえ聞こえるような沈黙。

ベルナルド　ときどき、誰かの声が聞こえる。

ミヒャエル　うわっ！

カミル　ミヒャエル！

スタイナー　まだ撃つな！　撃つなよ！

カミル　ミヒャエル！

劇場のどこかで、発砲音が聞こえる。

スタイナー　歩兵隊は発砲するな！　先に撃てば光と音で敵に位置を知らせることになる！　ミヒャエル！　何があった！

カミル　隊長。

スタイナー　ミヒャエルは無事か！

カミル　はい。

スタイナー　何だった？
カミル　それが……。
スタイナー　何だった？
ミヒャエル　……すみません。
スタイナー　何だったんだ！
ミヒャエル　……それが、何か、
スタイナー　何だ！
ミヒャエル　すみません。何か見た気がして。つい。

スタイナーがミヒャエルを引っ叩く音。

スタイナー　ばか野郎。（他の連中に）次！　こういうヘマをやった奴がいたら！　敵じゃない！　そいつから撃ち殺せ！　臆病者ひとりのせいで、全員が死ぬぞ！
ベルナルド　ときどき遠くで、地鳴りのような音が聞こえる。（劇場の

隅で、鉄板を叩いたような音）

スタイナー　騒ぐなよ。

ベルナルド　ときどき近くで、誰かの泣き声が聞こえる。

カミル　うっ……。う、う、うっ……。

ベルナルド　ときどき足元を、何かが通り過ぎる。

（何かが這い回る音）

ベルナルド　ときどき空が、落ちてくるような気がする。（劇場内で、様々な音が聞こえる）

ミヒャエル　は、は、は、は……。

スタイナー　静かにしろ。

ベルナルド　何も見えない。……それがずっと続く。もう、1年、

カミル　俺は4年。

ミヒャエル　俺も4年だ。

ベルナルド　クリスマスまでに帰れるんじゃ、なかったんですか。

スタイナー　4年がどうした。まだ続く。おセンチになってる限り、

終わらん。勝つまで終わらん。負けなければ、勝つ。そうだろう。
……哨戒塔！　照らせ！　照らせ！

明かりが差す。
暗闇の恐怖に瞳孔の開き切った、男たちの姿が見える。その姿は野獣と変わらない。
スタイナー、ミヒャエル、カミル、ベルナルド、そしてルートヴィヒ。

スタイナー　もっと照らせ。もっと照らせ。もっと照らせ。
ルートヴィヒ　これ以上は無理です。
スタイナー　もっと照らせ。

しかし哨戒塔からの光は、これ以上男たちの世界を照らさない。

ベルナルド　……僕たちは生きていますか。

カミル　生きてるよ。
ミヒャエル　生きてるさ。
ルートヴィヒ　……わからない。
ベルナルド　わからない？
ルートヴィヒ　うまく言えない。
スタイナー　わからんもんは、わからん。
ルートヴィヒ　そうです、言えない、言えないんだ、つまり……。
スタイナー　……ミヒャエル。ランプをつけろ。
ミヒャエル　はい。

ミヒャエル、部屋の明かりをつける。しかし、部屋は明るくならない。

スタイナー　つけたのか。
ミヒャエル　つけました。
スタイナー　ついたのか。

ミヒャエル　つけました。

スタイナー　そうか。なら――、（仕方ない）

現在時刻、2255時。行くぞ。

ルートヴィヒ　今夜は僕に登らせて下さい。

カミル　おぼっちゃんは大人しく弾丸の数かぞえてろ。

ルートヴィヒ　登りたいんだ。登らせて下さい。そのときはじめて、僕の戦争がはじまる。僕の生もはじまる。

・明かりをつけたい。明かりが欲しい。明かりが……。

暗転。

【7】語り得ぬものについて、人は沈黙しなければならない

ルートヴィヒが、部屋の片隅で、ペンを片手に便箋を見つめている。


ルートヴィヒ 「親愛なるピンセントへ。

今朝は炊爨車（すいさんしゃ）が到着し、久しぶりに豆のスープと焼き立てのパンを食べ、熱い紅茶を飲んだ。特筆すべきは豆のスープだ。ブイヨンとブーケガルニで味付けした農村風のスープで、目が回った。こんなに美味い食べ物があったのか！ ——世界は驚きに満ちている。

東部戦線に異常はない。昨夜（ゆうべ）も襲撃があった。日に10時間は前線に立ち、帰営後、6時間ほど「仕事」をする。4時間眠る。……翌日もまた、10時間前線に立ち、6時間「仕事」し、4時間眠る。「仕事」は順調だ。2週間前、はじめて哨戒塔に登ったあの日から、考えが

ブライアン・マクギネス『ウィトゲンシュタイン評伝』（法政大学出版局）によれば、ブルシーロフ攻勢の開始10日足らずでウィトゲンシュタインの所属する第7軍1万6000名のうちわずか3500名程度しか残っていなかった。生死の淵に立ち続けた危機的状況のなか、ウィトゲンシュタインのノートに記される記述は大きく変貌する。それまで言語と論理をめぐる思考で埋め尽くされていたページに、「神」「生の目的」「世界の意義」「祈り」「倫理」「幸福」といった言葉がつづられていった。

止まることはない。

君がいてくれるからだよ。ピンセント。ありがとう。

もはや疑い得ない、はっきりと自明であると思われることが、2つある。論理は疑い得ない。言葉は世界を写す。そしてこの2つから、さらにこうも言うことができる。論理と言葉を使って、我々は、思考を進め、世界の限界を広げる。

つまり人は語り得るものについては明晰に語り得る。しかし語り得ぬものについては沈黙するしかない。

論理とは何か？　この問いに、論理を使わずに答えることができるだろうか？　……できない。論理は語られ得ない。論理は語られるものではなく、我々が語るための条件なのだ。

もうひとつ、語られ得ないものがある。それは、……例えば、今朝のあの豆のスープは何故あんなにも美味しかったのか？　この汗臭く小汚い部屋は、どうして地獄にも思え、天国にも思えるのか？

それについて、考えてみるといい。君への宿題だ。

君の考えを聞かせて欲しい。君からの返事を、喉から手が出るほど、待ち侘びている。宿題の答えを待っている」。

ミヒャエルが手紙を覗き込む。

ミヒャエル　おい先生。また男にお手紙か？

ルートヴィヒ　……。

ミヒャエル　いやぁ俺、一昨日から下痢便が止まらなくって。お前、俺のアナルになんかしてねぇだろな？　神よ、我がアナルを守り給えー。

ルートヴィヒ　（手紙に書き加える）……「追伸。今や、愛もまた、疑い得ない」。

ミヒャエル　おい。

ルートヴィヒ　「それもまた、語り得ないことのひとつなのだ」。

ミヒャエル　ちっ。

ルートヴィヒ　「不出来な生徒へ、宿題のヒントとして。6月21日。ルートヴィヒ」。

　　スタイナーが現れる。

スタイナー　集合である。作戦会議を始める。

ベルナルド、ルートヴィヒ、ミヒャエル、机の周りに集合する。
カミルは、ベッドに寝転んだまま。

スタイナー　――「神は我が軍に味方している。戦況は我が軍に有利。勇敢にして英明なる兵士諸君の健闘には、カール・ハプスブルク*皇帝閣下も、……」
飛ばすぞ。神さまと王さまの自慢話だ。後でゆっくり読め。
「……以(も)って、オーストリア軍第11師団は、本日１１００(イチイチマルマル)時より撤退。

カール・ハプスブルク
実際のブルシーロフ攻勢時にオーストリアの帝位にあったのはフランツ・ヨーゼフ一世。カール一世即位は１９１６年11月のことである。

さらに堅牢なる鉄壁の守りを敷くため、カルパチア山脈北東部の前線はこれを放棄。ハンガリー北東、デプレツェンを中心とした、」

ベルナルド　え、え、撤退？

スタイナー　最後まで聞け。

ベルナルド　撤退ですよね。

スタイナー　撤退である。

カミル　馬鹿げてる。

ベルナルド　（作戦書を受け取り）「神は我が軍に味方した。戦況は我が軍に有利」。（飛ばして）「以って、オーストリア軍第11師団は」、

スタイナー　撤退だ。荷物まとめとけ。

ミヒャエル　やったねぇ。戦況は我が軍に有利！　撤退する！

スタイナー　茶化すな。

カミルは煙草に火をつける。

ベルナルド　……お墓は。

スタイナー　持ってけるか。

ベルナルド　でも……。

スタイナー　（作戦書を読み）「昨日(さくじつ)までの我が軍の被害状況は、死者・行方不明者、12万4000人」。持ってけるか?

カミル　無駄死にだ。

ベルナルド　せめて、2人のだけでも、

スタイナー　もう腐り始めてるよ。カンオケにでも入ってるんなら話は別だが。

カミル　ウジ虫の餌。

ベルナルド　――神よ。アンドレアスに、安らかな眠りを。

ルートヴィヒ　どうか安らかに。アンドレアス。

ミヒャエル　（ベルナルドに）どうしたお前、先生に何か吹き込まれたか?

それとも何か突っ込まれて、気持よくなっちゃったか?

スタイナー　安らかに。アンドレアス。

カミル　……ちっ。

間。

カミルは煙草を吸っている。

スタイナー　神よ。勇敢なる、カミル・フリードリヒに、安らかな眠りを。

ベルナルド　安らかな眠りを。

ルートヴィヒ　安らかな眠りを。

ミヒャエル　（カミルに小便をかける真似をしながら）カミル・フリードリヒよ、安らかに。じょろじょろじょろ〜。

間。

カミルは煙草を吸っている。

カミル　非科学的だ。

スタイナー　……出発は1100時。日が暮れる前に山越えだ。忘れ物しても、取りに戻れんからな。

（包みを落とし）補給兵からぶん取ってきた。食っとけ。酒も入ってる。

ミヒャエル　いやっほう。

スタイナー　ほどほどにしとけよ。負けたわけじゃない。勝てなかっただけだ。勝つまで戦う。そして、負けなければ勝つ。

ベルナルド　はい。

ミヒャエル　了解。

スタイナー　ルートヴィヒ・ウィトゲンシュタイン伍長補。

スタイナー、手紙を差し出す。

スタイナー　読むのは荷造りが、終わってからにしろよ。10時間は歩きっぱなしだ。各員、歯ァ磨いて、ウンコしとけ。

誰も動かない。

ミヒャエル、手紙を取り上げる。

スタイナー　ミヒャエル。

ミヒャエル　隊長！　報告があります！　……ルートヴィヒ・ウィトゲンシュタイン伍長補、この男は、敵方と通じている疑いがあります！　この手紙は、

スタイナー　検閲済みだ。

ミヒャエル　暗号が隠されている可能性があります。実際に自分は、この男が、暗号文*を用いて日記をつけていることを確認しました。この場で確かめる必要が、

スタイナー　返してやれ。

ミヒャエル　こいつホモなんだよ。なぁ先生？

スタイナー、ミヒャエルから手紙を取り上げる。

暗号文
ウィトゲンシュタインの従軍中のノートは右ページに『論理哲学論考』の草稿が記述され、左ページには私的な日記が書かれた。日記は同僚から読まれないようにごく簡単な暗号で書かれていた。

スタイナー、手紙をルートヴィヒに渡す。

間。

ルートヴィヒ、手紙をミヒャエルに渡す。

ルートヴィヒ　読んでみろ。

ミヒャエル　あ？

ルートヴィヒ　何も恥ずかしいことは書いていない。男と男の間に愛があって、何が悪い？　読めよ。

ミヒャエル　……じゃあ、お望み通りに。

ミヒャエル、手紙を開ける。

ベルナルド　先輩、

ミヒャエル　「敬愛なるルートヴィヒ・ヨーゼフ・ヨーハン・ウィトゲンシュタイン」。妬けるねぇ、よっ、ご両人！

ルートヴィヒ　……違う。

ミヒャエル　照れんな、照れんな。

ルートヴィヒ　ピンセントからじゃない。

ミヒャエル　あ？

ルートヴィヒ　ピンセントの書き出しじゃない。誰だ？

ミヒャエル、手紙をよく読む。

ミヒャエル　……「ファニー・ピンセント夫人」。デイヴィッドくん、男に飽きて、お嫁さんでももらったんじゃ

ルートヴィヒ　お母さんからだ。

ベルナルド　（悪い予感がして）え？

ミヒャエル　……おう。

ルートヴィヒ　日付は？

ミヒャエル　5月10日。

ルートヴィヒ　5月？　1ヵ月半も前、……どういうことだ？

ベルナルド　（封筒を拾って）スイス経由で届いてます。

ミヒャエル　――「前線のあなたに、お知らせするにはあまりにつらい」、

ベルナルド　先輩！

ミヒャエル　……。

ルートヴィヒ　……読んでくれ。（きっと、自分じゃあ読めない）

ミヒャエル　……では先生の、お気に召すまま。

間。

ミヒャエル　――「前線のあなたに、お知らせするにはあまりにつらい、しかしお知らせせずにはいられない、大事なお知らせがあります。我が最愛の息子、デイヴィッドは、5月8日、勤め先の飛行機工場で、複葉機の着陸事故に巻き込まれ、死亡しました。享年25歳でし

た。

遺体は燃えてしまいました。とっておいたあの子の髪の毛を、お墓には埋めるつもりです。こんなときですから、お墓の場所はまだ決まりません。埋葬が済み次第、お知らせします。

しかし、違うのです。あなたにお知らせしたかったことは、そんなことではありません。……本当に私が、あなたにお知らせしたいのは、どれだけあの子があなたを愛していたかということ、そして最後まであなたとの友情を大切にしていたということです。つまり、すでにあなたが、一番よくご存知のことを、お知らせしたかっただけなのです。

あの子の魂を、神よ、天国に安らわせたまえ。5月10日、ファニー・ピンセント夫人」


ミヒャエル、手紙を畳む。

沈黙。


ピンセントが事故死したのは、実際には1918年5月のことである。当時、ウィトゲンシュタインはイタリア戦線に配属されており、7月頃にピンセントの母親から訃報を受け取った。その後、オーストリアの降伏によってイタリア軍の捕虜となって終戦を迎え、ウィトゲンシュタインの従軍は終わった。

ミヒャエル　残念だったなァ。わかるぜ？　つらいよなァ。愛しの君と、永久（とわ）のお別れ。俺と愛しのアリシアちゃん、お前と愛しのデイヴィッド。つらいなァ、人生ってのは。

（せせら笑いながら）デイヴィッド・ピンセント、彼の魂を、神よ、天国に安らわせたまえ。

ルートヴィヒ　ありがとう。

ミヒャエル　あ？

ルートヴィヒ　彼のために祈ってくれて。

ミヒャエル　祈ってない！　失せろ、オカマ野郎、ざまぁみやがれ天罰だ。これでお勉強も捗（はかど）るなぁ、死ぬまで考えてろ、ブタのケツ！

ルートヴィヒ　何とでも言え。

ミヒャエル　考えてどーなる、お勉強してどーなる、（手紙をバンバン叩いて）これだよ！　これが答えだよ！　これだけ！　愛とは何ぞや、神とは何ぞや、人生とは何ぞや、くっだらない、無駄なおしゃべり、白痴のわめくクソ話、あとは沈黙、それだけ！　それだけだ！

ルートヴィヒ　そうだ。だからただ、静かにしてくれないか。

　ルートヴィヒはミヒャエルを抱き締める。

ミヒャエル　……。
ルートヴィヒ　デイヴィッド。どうか安らかに。

　沈黙。
　ミヒャエルは、ピンセントとして話し始める。

ピンセント　君は誰に祈っているの。
ルートヴィヒ　わからない。神はいない。
ピンセント　じゃあ誰に祈っているの。
ルートヴィヒ　わからない。言葉にできない。
ピンセント　今でも何もわからないの。

ルートヴィヒ　いや。わかる。

人は語り得るものについては明晰に語り得る。——僕がいる。君はいない。僕たちは逃げる。オーストリア軍は負けた。ロシア軍は南下を続けている。戦争はまだ終らない。僕は生きている。君は死んだ。人は語り得るものについては明晰に語り得る。

しかし人は、語り得ぬものについては、

沈黙。

ミヒャエル　……めそめそすんな、気持ち悪い。……歯ぁ磨いて、ウンコしとけ。

ミヒャエル、ベルナルド、立ち去る。

ミヒャエル、ドアのところで立ち止まる。振り返ると彼は、ピンセントである。

ピンセント　僕たちはいつだって話せる。明日も、明後日も、来年も。
そうだね？

ルートヴィヒ、歯ブラシを持ち、立ち去る。

暗転。

従軍中のノートを草稿とした『論理哲学論考』は、第一次世界大戦末期の1918年に脱稿し、1922年に出版された。同著は、デイヴィッド・ピンセントの思い出に捧げられている。ファニー・ピンセント夫人への手紙で、ウィトゲンシュタインは記している。
「私はいつもそれをいつか彼に見せることができるのだと希望してまいりました。この著述はいつまでも私の心のなかで彼と結びついていくものと思います。私はそれをデイヴィッドの思い出に捧げるつもりです。なぜと言いますと、彼はいつもこの仕事に大きな関心をもっていたからですし、そして私に著述できるようにさせてくれたあの幸せな気持ちのほとんどすべては、彼のお蔭であるからです。」レイ・モンク『ウィトゲンシュタイン』。

本戯曲の執筆にあたり、鬼界彰夫先生には貴重な資料の提供および、懇切丁寧なレクチャーまでしていただいた。この場を借りて深い謝意を表したい。

とは言え、この戯曲に示されたウィトゲンシュタインの姿は、私の世界から見たウィトゲンシュタインであり、鬼界先生をはじめとする専門家の先生方の目に触れれば、誤謬、誤解、誤読、無理解など多々のお叱りを受けることだろう。実際のウィトゲンシュタインが何を思い、考え、祈ったかについて、興味を持たれた向きは、以下に記す参考文献および原典に当たっていただきたい。

主要参考文献

『ウィトゲンシュタイン全集1』ウィトゲンシュタイン著、奥雅博訳（大修館書店）
『論理哲学論考』ウィトゲンシュタイン著、野矢茂樹訳（岩波文庫）
『反哲学的断章』ヴィトゲンシュタイン著、丘沢静也訳（青土社）
『ウィトゲンシュタインはこう考えた』鬼界彰夫著（講談社現代新書）
『ウィトゲンシュタイン 哲学宗教日記』ウィトゲンシュタイン著、イルゼ・ゾマヴィラ編、鬼界彰夫訳（講談社）
『ウィトゲンシュタイン 天才の責務1・2』レイ・モンク著、岡田雅勝訳（みすず書房）
『ウィトゲンシュタイン 天才哲学者の思い出』ノーマン・マルコム著、板坂元訳（平凡

社ライブラリー）

『ウィトゲンシュタインと同性愛』ウィリアム・W・バートリー著、小河原誠訳（未來社）

『ウィトゲンシュタインのウィーン』S・トゥールミン＋A・ジャニク著、藤村龍雄訳（平凡社ライブラリー）

『ウィトゲンシュタイン家の人びと――闘う家族』アレグザンダー・ウォー著、塩原通緒訳（中央公論新社）

『ウィトゲンシュタイン『論理哲学論考』を読む』野矢茂樹著（ちくま学芸文庫）

『ウィトゲンシュタイン入門』永井均著（ちくま新書）

『〈子ども〉のための哲学』永井均著（講談社現代新書）

『ウィトゲンシュタイン――言語の限界』飯田隆著（講談社）

『トルストイ全集14 宗教論・上』トルストイ著、中村白葉・中村融訳（河出書房新社）

『人生論』トルストイ著、中村融訳（岩波文庫）

『カラマーゾフの兄弟上・中・下』ドストエフスキー著、原卓也訳（新潮文庫）

上演記録

［初演］

2013年3月29日～4月7日
こまばアゴラ劇場

出演	伊勢谷能宣 井上裕朗 榊原毅（三条会） 西村壮悟 山崎彬（悪い芝居）
作・演出	谷 賢一
美術	土岐研一
照明	松本大介
舞台監督	川田康二
ドラマトゥルク	野村政之
協力	DULL-COLORED POP 青年団
宣伝美術	今城加奈子
宣伝写真	引地信彦
WEBデザイン	仮屋浩太郎（HiR design）
WEB作成	三浦 学
制作	小野塚 央　赤羽ひろみ
プロデュース	伊藤達哉
企画制作・主催	テアトル・ド・アナール ゴーチ・ブラザーズ

［再演］

2015年10月15日～10月27日
こまばアゴラ劇場
2016年3月2日～3月6日
SPACE雑遊
2016年3月9日
りゅーとぴあ 新潟市民芸術文化会館 劇場

出演	大原研二 小沢道成 榊原毅（三条会） 古河耕史 本折智史
作・演出	谷 賢一
美術	土岐研一
美術助手	小野まりの
照明	松本大介
舞台監督	竹井祐樹
ドラマトゥルク	野村政之
協力	(株)STAGE DOCTOR
宣伝美術	山下浩介
宣伝写真	引地信彦
宣伝衣裳	及川千春
WEBデザイン	根子敬生（CIVILTOKYO）
当日運営	外山りき（東京公演）
制作	小野塚 央
プロデュース	伊藤達哉
企画	テアトル・ド・アナール
主催	ゴーチ・ブラザーズ 公益財団法人新潟市芸術文化振興財団
助成	芸術文化振興基金

あのとき、確かに僕はルートヴィヒだった。

谷賢一、『従軍中のウィトゲンシュタイン（略）』を語る。

死ぬか、公演中止にするかどっちかだ。

――谷さんにとって『従軍中のウィトゲンシュタイン（略）』はどのような作品でしょうか。

劇作家として非常に苦しんだホンでもあり、確実に代表作のひとつでもあります。また、いずれ後期ウィトゲンシュタインの戯曲化に取り組みたいという宿願もあるので、常に頭のどこかに居場所を占めている作品でもありますね。
この作品はいろいろな偶然と奇跡が絡み合って生まれたので、実力以上のものを書いてしまったなと感じることも多いです。

――台本執筆は非常に難産だったと聞いています。

ウィトゲンシュタインの哲学や人生は演劇と相性がいいはずだ、というのは確かな直感としてあったのですが、その繋げ方がどうやっても書斎では見つからなかった。要は全然書けなかったわけです。そのまま執筆予定の期間はじゃんじゃん進む。時間が切れる。それで稽古初日、公演まで約1ヵ月というところだったんですが、稽古場に手ぶらで出向いていって、集まった俳優たちに土下座をしましたね。

「どうも申し訳ありません。台本が1ページも書けていません」って。サボってたわけじゃなくって、ずーっと机に向かってたんですけど本当にちっとも書けなくって……。

一緒にこのプロジェクトを進めてきたスタッフにも、「もしも今度の公演が中止になった場合、僕はいくらお金を払わなくてはいけないのでしょうか」なんてことまで言いました。本気で。それほど重大な事態であることは認識していました。

これは演劇界の悪い慣習で、書き下ろし新作の場合には稽古初日に台本が完成しているなんてことは滅多にないのですが、それでも前半のこのシーンまでは書けてるからそこまで読み合わせしよう、とかやれることはあるんです。でもこの場合、全くのゼロですからね。

僕の演劇人生の中で、稽古初日に1ページも台本を準備できていないというのは、この『従軍中のウィトゲンシュタイン（略）』だけです。

しかも謝りにいったくせに、1時間半くらい遅刻しているんですよね（笑）。当時僕はプライベートにも問題も抱えてまして、うつとスランプで精神的にかなり参っており……、睡眠薬を飲み過ぎて起きられなかったんです。目が覚めて遅刻までしたことに気がついて「やばい。もう死ぬか、公演中止か。どっちかだ」と慌てて稽古場に向かいました。

それで稽古場に来て何をしたかというと、自分ではよく覚えてないんですが、俳優たちの前で脚立に登ったらしいんですね。僕はここで喋ります、って。たぶん、自分の精神状態があまりにもどん底なので、身体だけでもせめて高い位置に身を置きたいと思ったんだと思います。とてもみんなと同じ目線では喋れなくて。

それで、脚立の上から「すまない、台本がまだ全然書けていない。もう僕はどうしたらいいかわからない」と謝ったわけです。謝られたほうも意味不明で、さぞ青ざめただろうと思います。

――謝るために高いところに登るという行為がすでに演劇的です。

そうですかね（笑）。僕は劇作家であり演出家ですが、何も書けていないので作家ヅラはできない。じゃあせめて演出家っぽく振る舞おうとして、どうにか喋れる状態を作ろうとしたんでしょうね。最低でも何か一つ、俳優たちに意味のあることを伝えて、なにがしかの意味や充実感を持ち帰ってもらわないといけない。そう思って、写像理論の説明なんかをはじめました。

「じゃあウィトゲンシュタインが『論理哲学論考』で言っている写像理論がどういうものか説明するね。たとえばこの脚立が哨戒塔で、この長テーブルが寝台だとしてね」

と、あたかも演出プランを語っているかのように喋ったわけです。苦しまぎれの時間稼ぎですよ。それでも、「演出家には何か考えがあるらしい」と思って、集まったみんなは少し安心したらしいです。じゃあ台本待つよ、と。

演劇は「見立て」で世界を描写する

――そもそも、ウィトゲンシュタインを演劇化しようとした動機はなんだったのでしょうか。

自分の主宰する劇団DULL-COLORED POPとは別に、プロデューサーの伊藤達哉さんやドラマトゥルクの野村政之さんとThéâtre des Annales（テアトル・ド・アナール）という演劇ユニットを2012年に立ち上げました。

テアトル・ド・アナールでは、科学技術や思想哲学に着想を得て、人間の根源を掘り下げる演劇をつくることをめざしています。その第1作『ヌード・マウス』は、脳科学の知見を下敷きに人間の記憶や欲望を描いた作品でした。次は何をやろうかとメンバーで作戦会議をしていたとき、以前から気になる存在だったウィトゲンシュタインの名前が挙がって、調べ始めてみました。

もともと僕は実在した人物や実際の事件をモチーフに描く劇作スタイルが好きです。ジャンルは問わず、自分の心情や興味や人生を仮託できる対象物が見つかると、嬉々として飛びついて書きだすんですね。有名どころだとユトリロ、ジャニス・ジョプリン、夏目漱石、円谷幸吉と君原健二……。

で、ウィトゲンシュタインですが、この人、人生の急カーブが多すぎる。ウィーンの大富豪の家に生まれて、ケンブリッジで学んで、第一次世界大戦が勃発すると祖国オーストリアの志願兵として従軍したあとに『論理哲学論考』を出版して、「哲学の諸問題はこれで解決した」なんて言って哲学やめて、莫大な遺産を放棄し、いきなり田舎の小学校の先生になって、そこで生徒をぶん殴ってしまって逃げるように学校をやめ、庭師をしてみたり、家の設計をしてみたり、ずいぶん経ってから殴った生徒の家にこっそり謝りに行ったり。人生がひどく右往左往している。パンクロッカーみたいな生き方をしていて、ケンブリッジに戻って哲学の仕事を再開するまでの変遷を見ていくと、わけがわからない。なんなんだこいつはって。

――芝居にできると思えた?

いや、生き方がパンクってだけで芝居になるかというと、それはまた別の問題です。ウィトゲンシュタイン面白エピソードをいくつも並べても芝居にはならない。

急カーブの多い彼の人生のどこに焦点を当てればいいのか、しばらくとっかかりが掴めなかった。

いろいろな文献を読み漁っていく中で僕が強く惹きつけられたのは、彼が写像理論のアイデアを思いつくきっかけになった瞬間です。

これはのちにウィトゲンシュタインが知人に語ったエピソードですが、従軍中に彼が読んだ新聞だか雑誌だかに自動車事故の裁判記録が載っていたと。その記録には、どこどこの交差点で被害者Aが加害者Bの運転する車とぶつかって、という事故の状況を、法廷で模型を使って再現したというようなことが書いてあったと。それを読みながらウィトゲンシュタインはハッと気がつく。模型が事故の状況を説明するように、言葉というのは現実を写し取る像ではないかと気づく。そこから、『論理哲学論考』の核のひとつをなす写像理論のヒントをつかんだと。とてもドラマチックだし、何より、演劇をやっている人間にはすごくピンとくるエピソードだったんですよ。

演劇という表現は「見立て」で成立しています。ここに椅子を6つ並べるから、これを列車のコンパートメントってことにしようね、このタイル2枚分が駅のホームね、そんなことを毎日やっているのがわれわれ演劇人です。何の変哲もない脚立が木になったり、ロープを張ったらそこが川になったりする。こういう見立てで世界のありようを再現したり説明したりすることは、人間以外にはできないことだと思うんです。チンパンジーはできるのかな？　たぶんできないと思うんだよな。

模型や絵、そして言葉で世界を描写する行為をウィトゲンシュタインがふと目に留めて、「待てよ。われわれはこういうことを日常生活で当然のように行なっているが、実はとんでもないことをやっているぞ」と気づく瞬間に、僕は直感的に共鳴したんです。

それも、従軍中に新聞読んで、「ユリイカ！　命題とは世界を写し取る像なんだ。その像が現実に対して真であるか偽であるかによって世界を語れる。ならば言語と世界は同じ論理形式を有しているに違いない」なんて思いついて、嬉しくなってどんどん思考しはじめる人間の姿を想像すると、可愛らしいと言うか滑稽ですよね。おいおい、お前は大砲の弾道計算のために従軍してたんじゃなかったのかよって。

ウィトゲンシュタインが、「世界を写す像としての言葉」を思索していたとき、彼は戦場にいた。どうして戦場だったのか。演劇にするなら、ここだと思った。ここに、ウィトゲンシュタインを演劇化するための鍵があるに違いないと思いました。

ルートヴィヒと5人の男たち

――写像理論の発見を核に、従軍中のウィトゲンシュタインを演劇化する。そこが決まってから、どのようにドラマの見取り図をつくっていったのですか。

どの作品制作でも同じですが、プロットをつくると同時に俳優のキャスティングをしなくてはならないので、主人公を中心にして登場人物の配置を考えます。『従軍中のウィトゲンシュタイン(略)』の場合は、主人公ルートヴィヒと5人の男たちが登場します。

論理によって世界を記述しようと苦闘している主人公に対して、対照的な性質を持っている男たちをまず設定しました。その1人が小隊を率いるスタイナー隊長です。彼は叩き上げの軍人で、ものすごく非論理的で矛盾したことばかり言う人間。この上官の存在によって、論理と非論理の対立を描ける。

それから、ブルジョア階級出身のルートヴィヒには耐えられないような下品で無教養な兵士ミヒャエル。実際、ウィトゲンシュタインは従軍中の日記のなかで「まわりのやつらは話が通じないバカばっかり」と罵っていますが、そういう環境の象徴みたいな存在。

でも横暴な隊長と下品な兵士ばかりだと、主人公の孤独は描けるけど内面世界が描けない。演劇というのは対話によって成り立つものだから、ルートヴィヒの内面世界に踏み込んでくる相手がいなければならない。そこで、文通相手なのか幻影なのかわからないけど、現実にはその場にいないけれども常にルートヴィヒにやさしく寄り添う存在として、ピンセントという恋人を出すことにしました。

カミルとベルナルドは、下層階級出身ではあるものの、数学や自然科学にもとづいた考え方を自分のよりどころにしていたり、クリムトに代表されるウィーンのハイカルチャーに憧れていたり、それぞれウィトゲンシュタインが抱える要素や背景を少しずつ分け与えて造形しています。

――ピンセントとミヒャエルは、1人の俳優が2役で演じますね。

それはキャスティング段階で決めていました。ミヒャエルは小隊の中で最も非理性的でゲスな男で、そういう男にルートヴィヒが惹かれてしまう劣情みたいなものを描きたいなと思ったんですね。性格はまったく真逆でありながら、ミヒャエルの顔に愛するピンセントの面影がちらつくのを見て、ルートヴィヒはものすごくいらいらしてしまう。ミヒャエルは、ルートヴィヒが忌避し抑えつけようとしている欲望やドロドロした感情を揺り動かすトリガーなんです。

世界に対する態度もピンセントとミヒャエルとでは対照的です。ピンセントは死んでしまったけれど、とても美しい充実した世界を見つめることができた人間。一方、ミヒャエルは過酷な戦場を生き延びながらも、世界に対する呪いの言葉をまき散らし、周囲に対する怒りや侮蔑、性欲しか持つことのできない人間。この2人を1人の俳優が演じ、舞台上でまったく違う内実を持って振る舞うことで、世界と人間との関係が見えてくるのではないかと考えました。

——主人公に対してどんな役柄を配置するかで、自然とどういう芝居をつくりたいか、見せたいかが決まってくるわけですね。

そういうことです。ここまで道具立てが決まれば、もうけっこうできあがっているように思えるかもしれませんね。おおざっぱなあらすじもできてはいるわけです。「ウィトゲンシュタインは従軍生活のさなか、思うように進まない論理哲学の手稿執筆と自分の存在価値について日夜悩んでいた。彼を取りまく野卑で無教養な人間たちとの溝は深まる一方であった。ある日、彼はひょんなことから論理哲学の新たな可能性を見出し……」みたいなやつです。

だけど、ここからが長かった。あらすじというのは、俳優にオファーしたり外部を説得したりするためのアウトラインにすぎません。重要なのは、作家が迷わず書き進めることができるレベルの、芝居の設計図として具体的に書き込まれたプロットです。それがさっぱりできなかった。写像理論の発見を転回点にすることは決まっていましたが、そのシーンをどのように描くか、空間や登場人物の配置や行動がまったく見えてこなかった。

さらには、写像理論のシーンだけ劇的に切り取ったところで演劇にはならない。

その発見によって彼がどう変わり、どう成長したのかを見せなくてはいけない。そして、何かが変わったとしたら、それ以前の彼はどうだったのか、そもそも彼はどんな思いを抱えてそんなに悩んでいたのかを描かなくてはいけない。写像理論発見を間に挟んで、状態Aの彼、状態Bの彼を設定し、その変化を演劇的に見せなくてはならない。

それが書けない。いや、書いてはいたんです。すでに大量に本や文献は読み込んでいたから、自分で考えたことも含めて、もう頭の中はパンパンに詰まっていました。ただ、どこの蛇口をひらけばアウトプットできるのかわからない。悩んで、迷走して、箸にも棒にもかからない間違った原稿をたくさん書きました。でも間違った原稿をいくら書いても、そこから演劇にすることは不可能だった。最初の1行が間違ってるかぎり、いくら書いても正しい展開は出て来ないんです。演劇は最初の1行ですべてが決まると言っても過言ではないので。

どうすれば演劇になるのか。どう書けば芝居として動き出すのか。出口が見えないまま稽古初日を迎え、手ぶらで稽古場に行って、俳優やスタッフに脚立の上から謝ったんです。

暗闇の中でひとすじの光に近づく

——蛇口がひらいたきっかけはなんだったのですか。

真っ暗闇の中でもがき苦しんでいた僕に光をもたらしてくれたのは、俳優であり、スタッフであり、つまりは演劇という世界そのものだったと思います。

まず、どうしてもうまくいかなかった書き出し。戯曲の第1景でルートヴィヒがひとり悩み苦しんでいるシーンです。

まず彼は、自分はいろいろなことを知っているつもりだったが実は何も理解していないことに気づいており。世界のありようを明確に説明できないことにぶち当たっており。毎日机に向かっているのにまともな仕事ができず。おまけに恋人とは遠く離れてしまって、周りの人間たちから浮き上がっており。従軍中の日記には、「僕は馬鹿だ。使い物にならない。死んでしまったほうがいい」みたいなことが延々書いてある。完全なスランプ状態です。

このルートヴィヒの苦しんでいるところはすらすらと書けたんですよ。なぜなら、当時の僕の状況とよく似ていたから。「僕は壊れた機械だ」「役立たずの能しだ」と自分を罵ってるところなんか、書けない作家と同じ。ルートヴィヒの状況を借りて自分の愚痴を吐き出してるみたいなものだから、実感こめて書けました。おまけに当時僕は離婚直前、妻が家出して帰って来ないなんていう危機も抱いていましたから、ピンセントに会えないルートヴィヒの苦悩にもよく共感できる（笑）。

でも主人公が苦しんでいるだけでは話が進まない。次の場面へとつないでいくことができない。そこでつまずいて、長いこと袋小路に陥っていました。

その袋小路に光が射したのは、

「ピンセントが出てくればいいいんだ」

理屈でも何でもなくポンと思いついた瞬間でした。

――それまでは、最初のシーンにピンセントが出てこなかったんですね。

そうなんです。なぜピンセントを最初に出そうと思いつかなかったのか、今となってはそっちのほうが不思議なんですけど。

戦場にいるルートヴィヒは、論理哲学の思索を深めようとひとり悩んでいる。そこにピンセントが現れて、優しく導くように哲学の対話相手を果たしてくれる。しかし、答えに辿り着けそうだ……というところでピンセントは現実の音にかき消されて消えてしまう。次の場面では一転して、賭け事とセックスの話でバカ騒ぎする兵士たちの哄笑と絶叫。動物性の塊のような同僚のいる現実世界に突き落とされたルートヴィヒは、兵舎のはじっこでひとり聖書を読んでいるしかない。ピンセントを演じていた俳優は一瞬にしてミヒャエルに変わっている。ピンセントの存在がこの対比と落差を際立たせることになります。

気づかせてくれたのは、初演時のピンセント役だった山崎彬くん。彼は「悪い芝居」という劇団を主宰していて、僕と同じく劇作家・演出家です。

といっても、べつに彬くんが「こう書いたらどう?」とアドバイスをくれたわけじゃなくて、彼の存在に精神的に助けられたんです。

彼はなにか相談するといつでも肯定的に返してくれる。けっして否定はしない。「どうしてもうまくいかなくってさ」って電話で弱音を吐くと、「そうなんだ、じゃあ今日はもう書くのやめてみたら?」と返してくるし、「こうすると面白くなるかもしれないなと思うんだけど」って言うと「谷くんが面白いって思うんならきっと面白いよ。書いてごらんよ」と言ってくれた。暗中模索して、もがき苦しむ僕にとって、彼はまさしくピンセントでした。

——ルートヴィヒが何について悩み苦しんでいるかが、第1景のピンセントとの対話によって開示されていきます。それは世界を明晰に語るための論理学についてであると同時に、論理学ではけっして語ることのできない魂の問題についてです。

僕が師匠と慕っている永井愛さん(劇作家・演出家/「二兎社」主宰)が、あるお芝居を見たときのダメ出しで、「途中まで、お客さんが何を見ているのかわからないまま、お芝居が進んじゃってるね」とおっしゃっていたんですが、これ、すごく的確な指摘なんですよ。

音楽や小説などでもおなじかもしれませんが、芝居というのは「これは何についてのお芝居なのか」の判断材料を、ある程度早い段階でお客さんに示す必要があります。最初の30分を見て、この芝居は少年の成長の物語なのかな、若い夫婦がお互いを傷つけたり許し合ったりする話だな、というのをお客さんが読み取れるようにしてあげる。そのお客さんとの合意をテコにして、こちらはそれを補強する情報を入れたり、その読みを裏切ったりする展開を仕掛けたりすることができます。僕が書き出しにつまずいてしまったのは、その提示ができていなかったからなんです。

それが第1景にピンセントを登場させたことで、がぜん見通しがひらけてきました。ルートヴィヒが暗闇の中で悩み、苦しみ、もんどりうって、自殺願望におびやかされながら、ピンセントというひとすじの光にすがろうとする、近づこうとする。この動きが、芝居全体の基本構造となり、演劇の原動力になることがはっきり見えてきたんです。

奇蹟がひそんでいる現実の中にはきだめみたいな

――第４景で、地形や敵味方の位置関係をテーブル上に再現しながらルートヴィヒが写像理論を発見していく。芝居の転回点になるあのシーンはどのように発想されたのですか？

あのシーンの突破口を見出したのは稽古場でした。

台本ができないながらも、とにかく何かやらなくてはならないから、稽古場にある物を使って俳優たちとセッションみたいなことをしていました。「これが哨戒塔で、これが兵営のテーブルで、これが寝台だとして……」とやりながら、ふと、目の前にある脚立や箱馬やパイプ椅子を、そのまま実際の舞台に持ち込んでみたら演劇的に面白いかもしれないと思いついたんです。

つまり、この芝居におけるセットそのものが現実世界に対応する写像になっている。そして芝居の中盤でルートヴィヒが、ずっと舞台上に装置として存在している。

いた脚立や箱馬を見て、それらが現実の比喩であることに気づいてハッとする。

僕がそのアイデアを話したら、ドラマトゥルク（戯曲の吟味や演出家のサポートなど文芸・演出面で舞台制作に関わる）の野村政之さんは違う意見でした。

「いや、この芝居では、セットや小道具はリアルなほうがいいんじゃないか。むしろ、リアルなセットの中でリアルなパンやソーセージを眺めていて、物体の本来の意味や価値とは全然別の何かを、リアルを飛び越えた世界を、いくらでも描写できると気づくところに感動があるんじゃないか」

最初から見立てが成立している空間で、お客さんが舞台を一目見てああこれは見立てだなとわかってしまっている状況で写像理論発見のシーンをやっても、ルートヴィヒが感じた驚きは伝わりにくいんじゃないか、と野村さんは言うわけです。

彼の言葉に、「ほんとにそうだ！」と僕は思いました。

哲学の「て」の字もない戦場の兵舎で、硝煙と男たちの汗の匂いがたちこめる場所で、明日にも死が迫りつつある状況で、汚いテーブルの上でパンやシケモクやソーセージを動かしているうちに、「おや？　俺が今やっていることはなんだ？」とルートヴィヒが気づく。そこに至るまではきわめてリアルな状況でリアルな会話が紡がれている。

このシーンが見えた瞬間、トントントンとシナプスがつながっていって、それまで頭の中に詰まっていたものがドバーッとあふれてきました。砂漠の中で砂金の一粒を探すみたいに、うろうろしていたのが嘘みたいに。

ひとりで机の上に向かってるときはどうしても書けなかったシーンが、稽古場で俳優たちとセッションして、野村さんに「セットや小道具はリアルなほうが飛躍できる」ってアドバイスをもらって、いきなり何かが見えた。男だらけのはきだめみたいな兵舎の中で「ああ現実の中に奇蹟がひそんでいるんだ」ってことに気がつくルートヴィヒと自分が重なって、「書ける！」と思いました。

書き始めたら速かったですね。翌日の稽古からは書けたものをどんどん持っていって、1週間後には書き上がってました。

書き上げてしまうと、完成した台本にはもはや、あれほど悩み苦しんだ痕跡などまったくない。いったい何をあんなに悩んでいたのかよくわからない。おそらく当時の僕は、ウィトゲンシュタインの言葉でいえば、ハエ取りツボの中で出口を見失ったハエだったのだと思います。

君たちに塹壕の中にもぐってもらう

——明日にも死が迫りつつある戦場、という世界をどのように演出していきましたか。

僕は、スタニスラフスキーのメソッド演劇の流れを汲んだ古典的な演劇のつくり方をするタイプなので、登場人物の置かれた状況や時代背景を俳優に理解してもらった上で演出していきます。なぜあなたはここでこうするのか、その必然性を与えてあげるのが演出の仕事だと考えているし、俳優に、この役を演じたい、もっとよくしたい、命を吹き込みたいと思わせることが演出家の一番大事な使命だと信じています。

この作品の演出で最も力点を置いたのは、第一次世界大戦という舞台設定を俳優たちの腹に入れてもらうことでした。

俳優たちに伝えたのは、たとえばこんなことです。

「第一次世界大戦は、それまでの戦争とはまったく違うものだったんだよ。ヨーロッパ全域に戦線が拡大し、膠着状態になり、国を挙げての総力戦になった。大量の兵士が前線に投入され、毒ガスや戦車などの新兵器が登場し、砲撃が一瞬で大量の人間を薙ぎ払ったり吹き飛ばしたりするものになった。ウィトゲンシュタインが志願してやってきた戦場っていうのはこういうところだったんだ」

「その中で僕はとりわけ塹壕というものに注目している。塹壕こそ第一次世界大戦を象徴するもののひとつなんだ。暗くてじめじめした穴ぐらのなかに放り込まれた兵士たちは、真っ暗闇の中で砲弾の轟音におびえ、糞尿を排泄しながらひたすら待機する。突撃となったら号令一下。英雄なんてどこにもいない。生きるか死ぬか紙一重の運でしかない。真っ暗な塹壕の中に何十時間も息を潜めて、いつ飛んでくるとも知れない迫撃砲の恐怖に怯えながら、突撃命令を待って震えるだけ。その間にも右足の凍傷はどんどん酷くなり、左手の化膿は悪化していく……。生き残っても、片腕、片足、顔半分吹き飛ばされているかもしれない。この芝居の中で、皆さんにはその塹壕にもぐってもらう」

――第6景で真っ暗な塹壕にもぐるシーンですね。

あそこでは、客席のお客さんたちにも一緒に塹壕にもぐってもらう。その気迫で俳優たちは演じたし、演出もそのように行ないました。

なんというか、この芝居の現場では非常に演劇原理主義的な考えがまかり通っていましたね。大きな劇場だったらまた違うのでしょうけど、上演した劇場が100席程度の小さな空間だったこともあって、俳優が信じていることや感じていることは、お客さんにもそのまま全部伝わってしまうんだという考えでやっていた。ある兵士の片足が腐って切り落とされていたとしたら、俳優がそのことをずっと意識しながら演じていれば、足を見せたり台詞で説明なんかしなくても、お客さんもそいつの片足がないんだってことを信じ切って観るだろう、疑うやつなんかいるはずない、と。

これは僕が指示したわけじゃないですが、稽古場や楽屋で俳優たちはときどきネットの違法動画なんかを見ていましたよ。首を斬られたり、爆弾で重傷を負って死んでいくような、凄惨で暴力的なやつ。俳優たちは、吐き気をこらえて見ながら、「同僚の兵士が、昨日もおとといもこうやって死んでいったんだよな。俺も明日はこうなるかもしれねえけど、そこから眼をそらすためにクソ楽しそうにポーカーやったり、おっぱいの話したりしてんだよな」って確認していたんだと思う。

身もフタもない即物的な手法ですが、毎日が死の恐怖と隣り合わせであることを腹に入れておかないと、第2景でのあのバカ騒ぎは成立しないし、「戦場に神はいない」と叫ぶこともできないんです。

第一次世界大戦がいかに人間性を剥奪された場所だったか、塹壕にうごめく兵士たちの置かれた状況がいかに悲惨だったか。僕はそのことを俳優たちに伝え、俳優を通してお客さんに感じてもらおうとしました。それらが伝わって初めて、この悲惨な戦場において、神は存在するのか、人間は何のために生きるのか、言語によっては語り得ないことをそれでも考え、信じずにはいられなかったウィトゲンシュタインの切実さを受け止めてもらうことができると思ったからです。

ちゃんと生きることができていたか？

――稽古場では、ウィトゲンシュタインの哲学について俳優たちと毎日ディスカッションをしていたそうですね。

彼の哲学や彼自身がどういう人間であったかを俳優たちに理解してもらうことも、重要なプロセスでした。これはルートヴィヒ役の俳優だけじゃなく、全員が共有していなければならない。すべての俳優たちが、ルートヴィヒにとって自分の演じる役がどんな意味を持っているかを理解し、自分の演じる役が何のためにこの台詞をルートヴィヒに投げかけているのか理解していないと、この芝居は成り立たないからです。

俳優たちにも勉強してきてもらったし、稽古場では「5分で語るウィトゲンシュタイン」なんていうのも毎日やりました。知らないこと、わからないことは語れない。語ることで、何を知っていて何を知らないかが明晰になる。不明な点が明晰になれば理解も進むし、理解が進めばもっと明晰に語れるようになる。語るというのは理解したことを伝える結果であるだけでなく、理解を進めていくための手段でもあるんです。

それから、ウィトゲンシュタイン研究者の鬼界彰夫先生に初演時・再演時の稽古場でレクチャーをしていただきました。鬼界先生の著作『ウィトゲンシュタインはこう考えた』や翻訳された『ウィトゲンシュタイン 哲学宗教日記』は、僕のウィトゲンシュタイン理解のベースとなったし、執筆上の大きな助けになった従軍中の日記など、貴重な資料も提供していただいています。

――鬼界先生によれば、ウィトゲンシュタインの哲学は一貫して、自分の生そのものが危機に直面しているなかで自己の魂を救済するために営まれたものであったわけですね。そのためには過去の自分の行為や思考を否定さえする。

ウィトゲンシュタインが前期から後期へ移行する転換期の日記『ウィトゲンシュタイン 哲学宗教日記』を読むとそのあたりがよくわかりますが、今日を生きるために愚直に考え抜く、考えなければ明日を生きられない、常に本気の人間、そういう稀有な哲学者だったと鬼界先生は教えてくれました。

俳優たちには、このことを、舞台上できちんと表現してもらわなければならなかった。それは、ルートヴィヒの言葉や行動がどれだけ本気で、どれだけ説得力を持つことができるかということです。

第6景でルートヴィヒは哨戒塔係に志願します。ある日の通し稽古では、ルートヴィヒが「ちゃんと生きる」ことができた。つまり、哨戒塔に登る決意ができた。それも死ぬためじゃなくて生きるために登る、自分のなかに生きる根拠を明確に見出した上で「僕が登ります」と言える、その気迫が充実していた。

ところが別の日の稽古で「僕が登ります」と言ったときはなんだか気持ちが揺れていて、なぜ自分が登らなくちゃいけないのか訝っているようなシーンになってしまう。言い方ひとつで、演劇はそういう違いが出てしまうんですね。なぜ今日のルートヴィヒは臆病になってしまったのか？　なぜ昨日のルートヴィヒには気迫が感じられたのか？　問題を探っていくと、たいていそのシーンではなく、そこに至るまでのシーンに原因がありました。このシーン、この会話のところで、こういう発見をしたことでルートヴィヒが新たな心理状態に移行した、そのことを俳優たちが意識していないと、ルートヴィヒが自分の生を肯定しながら哨戒塔に登る……という地点にまで到達できないんです。

この芝居は第1景から第6景まで途切れることなく連続していて、暗転は第6景から第7景に移る1回だけ。だから、ひとつ前の場面に戻ってそこからもう1回稽古しようとしてもテンションが持続できなくて、最初からやり直さないとうまくいかない。効率は悪いけど、何度も通し稽古を繰り返しながら、「ちゃんと生きている」ときと「生きてない」ときの違いを見きわめていく作業に時間をかけました。

――公演中も、日によって「生きている」かどうか変わってきますか?

もちろんそれはあります。でも、「ちゃんと生きている」回の演技を思い出して模倣すればいいかというと大間違いで、大抵そういうやり方は失敗します。演劇という行為において、特に公演中の俳優にとって最も大切なことは「勇敢であるかどうか」に掛かっているのです。

台詞は完璧に入っているし、シーンごとにやるべき段取りもわかっている。その上で、今日は今日、今・ここでしかないこの舞台で、相手の演技に対して今日でしかできない感度や感覚で反応しようとする覚悟。昨日の体験に頼ることなく、自分の身ひとつで闘うんだという覚悟。昨日の成功をなぞろうとするのではなく、今日だけの新しい生命を生きるということ。僕が俳優に求める、勇敢であるかどうかというのはそういうことです。

ダメな典型例とは、よかったときの演技をなぞってしまうことです。あの回に自分は成功したっていうことをよりどころにして、成功した自分を再現しようとする。これをやると、すっからかんのデクノボーみたいな芝居になります。特にこの作品でそれをやったら絶対ダメだと思った。毎日ちゃんと生まれ変わらなければいけないし、毎日ちゃんと死の恐怖と向き合わなければならない。

俳優もこのことはよくわかってくれていたと思います。僕自身がダメ出しするよりも、俳優同士で集まって「今日の芝居は鮮度があってよかった」「あの場面、生きてた」とレビューしながら、お互いや自分自身が勇敢であったかどうかを確認していました。

ここだけは、神様になってください

――ウィトゲンシュタインは、やがて『論理哲学論考』で構築した観念的な論理空間を自ら否定し、後期の仕事では日常的世界で人々がやりとりする言葉の意味や価値に向き合うようになっていきます。

後期ウィトゲンシュタインもいずれ必ず演劇化したいテーマです。前期以上に手ごわい仕事になるだろうけど、挑戦したい。ただ、彼の宗教的態度であるとか、彼が生涯を通して求め、大切にしてきたもの、語り得ないものは、前期・後期を問わず一貫しているように思います。

この芝居の初演から6年後の2019年、僕の主宰劇団DULL-COLORED POPは福島と東京と大阪で『福島三部作』を上演します。『福島三部作』とは、福島第一原子力発電所の立地自治体である福島県双葉町に暮らすある家族の半世紀を描いた作品です。その第一部『1961年：夜に昇る太陽』で、1人の登場人物がアインシュタインの言葉を引用します。

「想像力は知識よりも重要だ。知識には限界がある。想像力は世界よりも常に広い」

この言葉は、『1961年：夜に昇る太陽』の文脈においては、人間が想像したことは必ず実現していくであろう科学技術への肯定として発言されます。世界一周、飛行機、宇宙旅行、現代であれば、ロボットや人工知能、再生医療にクローン……。

ただ、アインシュタインのこの言葉には、それ以上の意味が隠されているような気もします。われわれの世界の外側には、従来の科学では説明不可能なこと、解明できないことが広がっているんだと。そのことへの驚きと敬虔な態度を前提にするのが科学者のスタンスであるべきだ、と。

一方で、若きウィトゲンシュタインが『論理哲学論考』で到達したのは、「語り得ないものについては沈黙せねばならない」、すなわち科学的言語によって明晰に語れること以外については、沈黙をもって保護しようという態度です。でも黙っておくというのは、その先に何もないからではない。われわれにとってとても大切なものが豊かに広がっていて、その存在を守るためにあえて沈黙するんだということですよね。この先、人間の科学が発展していけばいくほど、アインシュタインの思想も、ウィトゲンシュタインの哲学も、ますます世界の根源的な見方として生きてくるのではないかと思います。

――『従軍中のウィトゲンシュタイン（略）』はまさにタイトルにもあるように、ウィトゲンシュタインが世界の外側に締め出したものを提示しています。

それこそが、演劇という表現がやるべき仕事だと思います。

この本に収めた戯曲は上演台本として書いたものですが、活字となった以上は、読む人が自由に解釈してくれていいし、ウィトゲンシュタインの生涯のワンシーンを戯曲形式で書いたフィクションとして読んでもらえばいいと思います。舞台上で俳優がこう演じた、こんな演出をした、という情報までは伝えられないし、伝える必要もない。それらは、僕や俳優、スタッフ、それから劇場に来てくれたお客さんだけが記憶していればいいことです。

だから、最後にお話しすることは蛇足かもしれないけど、戯曲の外側の話をします。

この芝居はこんなふうに始まります。

1人の俳優が出てきて、口上を述べる。彼は、この芝居の長い長いタイトルをゆっくりと口にする。それから新約聖書のヨハネによる福音書の最初の1節を読み上げる。『論理哲学論考』の捉え方でいうと、劇世界のフレームの外部から、1人の俳優が今から始まる劇世界について「名付け」を行ない、しかも世界の成り立ちについての言葉を読むのです。

その口上役を務めたのは、初演・再演ともにスタイナー隊長を演じた榊原毅さんという俳優でした。彼には、「ここだけは隊長ではなく神様として読んでください」とお願いしました。

スタイナー隊長という役は一番わけのわからない人物で、平気で矛盾したことや自家撞着したことばかり言うんですね。彼が口癖のように言う「勝つときは勝つ、負けるときは負ける」は、論理形式としては正しい、でも何も言っていないに等しいトートロジーです。しかし論理というのは、何を何によって語りうるか、その関係性を整理することだから、論理を極限まで突き詰めていくとトートロジーに行きつかざるをえない。

劇中で、ルートヴィヒたちの運命を決めているのはスタイナー隊長です。むちゃくちゃな命令書を読み上げ、不条理なくじ引きを強要する。卑近に見れば、スタイナー隊長は理不尽で矛盾に満ちた軍隊の命令体系そのものであり、もっと大きな視点で見れば、人間たちの運命そのものを象徴した存在でもある。語り得ない領域に寄せて言ってしまうと、神様に近い何者か、とも言えるかもしれない。劇中では神様らしい振る舞いはいっさいしませんけれども。

劇中でもう1箇所だけ、スタイナー隊長に「ここは神様でいいですよ」と指示したところがありました。

ラストの第7景、カミルだけはもうすでに死んじゃっているんだけど舞台上にいて、生きていたときと同じように、みんなのやることをぶつぶつ言いながら見ている。さあこれから撤退するぞ、山越えだぞ、とみんなが立ち去る前に、隊長だけが振り返ってカミルを見ます。この演出は、俳優の提案で生まれました。

隊長役の榊原さんが、「谷くん、俺、立ち去る前にカミルになんかしたほうがいい?」って訊いてきたので、僕も「あー、そうですね。視線合わせてちょっとほほえみましょうか」と。

死んでしまって霊魂になって、生きている人間には見えないはずのカミルに対して、一瞬だけ関係を持つ。その瞬間だけ、隊長ではなく、神様として振り返る。「よくがんばったね」なのか、「安らかに眠れ」なのか、とにかく神様としてサインを送る。送られたほうのカミルも、はっとする。自分が見えるのかって驚いて、それで「ああ、俺はやっぱり死んだんだ」と実感して、去っていく彼らを見送る。

この芝居は、そのようにして終わります。

あとがき

執筆から6年が経ち、その間にこの作品は3回も再演された。哲学ファンの間ではともかく一般的な知名度が高いとは言えないウィトゲンシュタインを題材にした芝居がこれだけ愛されたということに驚く。

今読み返してみると文章の端々にウィトゲンシュタインに仮託した自分自身の悩みや苦しみが滲み出ているのがわかる。冒頭でルートヴィヒがモノローグで語っている通り、当時、私は暗闇の中にいた。精神的に荒廃し、孤独に支配され、戦場（すなわち稽古場や書斎）でも防戦一方という戦況であり、死の恐怖に怯えていた。そんな僕に常に温かい言葉をかけ、様々な演劇的提案をしてくれたのが親友であり劇団「悪い芝居」を主宰する山崎彬くんである。彼の存在はそのままピンセントという登場人物に仮託されている。『論理哲学論考』がピンセントに捧げられていたように、この『従軍中のウィトゲンシュタイン（略）』は山崎彬くんに捧げたい。

この戯曲に書かれていること、すべては私の身の上に起きたことなのだ。従軍も、塹壕も、ブルシーロフ攻勢も、哨戒塔の上でサーチライトを照らす際の死と隣合わせの生も……。日本語で手に入る書籍にはほとんど目を通し、ウィトゲンシュタインの生涯を徹底的にリサーチして書いたはずの戯曲だったが、結局投影されていたのは当時の私の生そのものであった。

しかし物を書くというのはすべてそういうことなのかもしれない。筆者自身のその瞬間の生を刻みつけるようにしてしか、文章というのは書けない。それはウィトゲンシュタインが論理と哲学を論考したと言いつつも、実際には自分自身の生を刻みつけるようにして『論考』を書いていたのと同じだ。書くということは、生きるということだ。

ウィトゲンシュタインを書いて以来、劇を書く際に座右に置いている言葉がある。非常にシンプルな言葉だ。「作家は自分の知っていることしか書けない」。この言葉は時に私を励まし、慰め、力をくれる。知らないことは書けないのだし、知っていることを書くしかないのだ。

こうして今、前期ウィトゲンシュタインを題材にした『従軍中のウィトゲンシュタイン（略）』を出版するというのは当然、後期ウィトゲンシュタインを題材にした『探求中のウィトゲンシュタイン（?）』執筆を睨んでのことである。書くためには再び、私自身の生と晩年のルートヴィヒの生が重なる箇所を見出さなければならない。書くというのは他者の生をなぞり書きすることではなく、己自身の生を刻みつけることだからである。つまり後期ウィトゲンシュタインを書くために必要なのは、資料を調べることでも構想をメモに書きつけることでもキーボードを叩くことでもなく、『探求』期のルートヴィヒを書くのにふさわしい私の生を見つけ出すことだということになる。それはどんな生き方だろう？

僕は今も稽古場という戦場の中にいる。昼はいつどこから弾丸が飛んでくるかわからず、夜も安心して眠れない。常に不安と恐怖に苛まれ、迫り来る敵を次々と払いのけるようにして行軍・前進している。……いや、果たして前進しているのだろうか？同じ場所をぐるぐる回っているようにも思うし、むしろ後退しているようにさえ思える。こんなところにいては、とても後期ウィトゲンシュタインの生と重なり合うことはできないだろう。

晩年のウィトゲンシュタインは、イギリスの市民権を得てケンブリッジ大学の哲学教授として時おり講義を行いながら、映画を観たり推理小説を読んだりして割とのんびり暮らしたらしい。そんなのんびりした生活の中書かれた『探求』と従軍中に書かれた『論考』では、文体がまるで違う。緊密で無駄のない研ぎ澄まされた言葉の結晶のような『論考』に対し、『探求』はまるでたゆたう思考の散歩をそのまま文章に起こしたようだ。やはりいかに生きるかが、そのまま哲学に反映され、文章に反映されるということだろう。

せめて僕もゆっくり、外国にでも行きたいもんだな！

谷 賢一（たに・けんいち）

劇作家・演出家・翻訳家。1982年福島県生まれ、千葉県育ち。明治大学演劇学専攻。在学中にイギリス留学し、ケント大学演劇学科に学ぶ。その後、主宰劇団DULL-COLORED POP（ダルカラードポップ）を旗揚げ。文学性や社会性の強いテーマをポップに表現する。劇団代表作に『くろねこちゃんとベージュねこちゃん』。2013年、海外戯曲『最後の精神分析──フロイトVSルイス──』の翻訳・演出で第6回小田島雄志翻訳戯曲賞、文化庁芸術祭優秀賞を受賞。海外演出家の作品に上演台本や演出補などで多数参加。2016年、セゾン文化財団ジュニア・フェローに選出される。
2016年から自身のルーツのひとつである福島県を題材にした演劇プロジェクトを開始。原発誘致から東日本大震災まで、戦後の政治経済とひとつの家族をめぐる50年のドラマ『福島三部作』を2019年夏一挙上演。

従軍中の若き哲学者ルートヴィヒ・**ウィトゲンシュタイン**がブルシーロフ攻勢の夜に弾丸の雨降り注ぐ哨戒塔の上で辿り着いた最後の一行「──およそ語り得るものについては明晰に語られ得る／しかし語り得ぬことについて人は沈黙せねばならない」という言葉により何を殺し何を生きようと祈ったのか？という語り得ずただ示されるのみの事実にまつわる物語

略称：**従軍中のウィトゲンシュタイン**

著者──────谷賢一

発行日──────2019年9月20日
編集──────李栄恵
エディトリアル・デザイン──────佐藤ちひろ
印刷・製本──────シナノ印刷株式会社
発行者──────十川治江
発行──────工作舎 editorial corporation for human becoming
〒169-0072 東京都新宿区大久保2-4-12-12F
phone: 03-5155-8940 fax: 03-5155-8941
www.kousakusha.co.jp saturn@kousakusha.co.jp
ISBN978-4-87502-511-5